THE RESENTMENT

绣娘怨

诡故事
Mystery Story
推理悬疑小说志
典藏版推理惊悚
小说全集

风雨如书等／著

H.P.H 哈尔滨出版社
HARBIN PUBLISHING HOUSE

图书在版编目（CIP）数据

绣娘怨 / 风雨如书等著.—哈尔滨：哈尔滨出版社，2018.11
（诡故事.推理悬疑小说志）
ISBN 978-7-5484-4219-6

Ⅰ.①绣…　Ⅱ.①风…　Ⅲ.①推理小说 – 小说集 – 中国 – 当代　Ⅳ.①I247.7

中国版本图书馆CIP数据核字（2018）第182523号

书　　名：绣娘怨
XIUNIANG YUAN

作　　者：风雨如书　等　著
责任编辑：杨浥新　孙　迪
责任审校：李　战
封面设计：源画设计

出版发行：哈尔滨出版社（Harbin Publishing House）
社　　址：哈尔滨市松北区世坤路738号9号楼　　邮编：150028
经　　销：全国新华书店
印　　刷：哈尔滨市石桥印务有限公司
网　　址：www.hrbcbs.com　　www.mifengniao.com
E-mail：hrbcbs@yeah.net
编辑版权热线：（0451）87900271　87900272
销售热线：（0451）87900202　87900203
邮购热线：4006900345　（0451）87900256

开　　本：787mm × 1092mm　1/16　印张：12　字数：100千字
版　　次：2018年11月第1版
印　　次：2018年11月第1次印刷
书　　号：ISBN 978-7-5484-4219-6
定　　价：29.80元

目录

第四区

风雨如书

在这个世界上，每个人都有自己不可触碰的禁区。有人看不得别人唾沫星子乱飞，有人见不得别人装纯得瑟，也有人容不得别人好事多嘴。

心理学上给这个禁区一个代名词——第四区。它是脱离了人类心理正常承受行为的一个区域，一旦某个人或者某个事物突破这个区域，第四区便会给大脑发出指令，做出过激行为。

——题记

1

林城大学男生宿舍楼307。

张凌峰愣愣地看着眼前忙碌的周正和杜子明，他们把蚊帐架在床铺上面，然后用白色的布条悬挂在两边，最后再把一朵白色的纸花挂在蚊帐中间。

“这样是不是太晦气了？”张凌峰实在受不了他们这样折腾，好好的一个宿舍，在他们的折腾下变成了一个肃穆的灵堂。

“不弄得真实一点儿，怎么吓着那小子？哈哈！”周正白了张凌峰一眼。

“就是，让他每天得瑟，不是说自己胆子大吗？老张，你准备好了吗？记得一会儿怎么做吗？”杜子明抬头问道。

“哦，我准备好了。”张凌峰点了点头。

时间是晚上八点半，距离宿舍关门还有一个半小时。一切准备妥当后，张凌峰出门了。现在，郑阳一定在操场上和女朋友约会。最近，郑阳又换了一个女朋友，听说是外语系的系花。宿舍里的人都知道，那些女孩之所以喜欢郑阳，纯粹是因为贪图郑阳是一个公子哥，家里有钱有势。

最近，张凌峰一直在研究人的性格。这个兴趣是从电视上出现的一档关于相亲的节目而开始的，那些站在上面一个个看着温柔乖巧、甜美优雅的女孩，很多时候一句话便暴露了内心世界。

家庭的优越会让一个人变得强势，对于弱者，尤其是同龄人，往往会表现出不屑、鄙夷以及各种轻视的态度。

这一点，从郑阳身上可以充分感受得到。虽然大家同在一个宿舍，但是郑阳对宿舍的其他人一直都没有好脸，不是说别人动了他的名牌化妆品，就是说别人的衣服像是收破烂的人穿的。

郑阳的专横跋扈终于引起了众怒。今天，宿舍的人准备给他一个严厉的报复，当然他们不会违反校规，更不会有什么过激行为。他们只是准备吓唬郑阳，让他以后再也不敢嚣张。

深夜的校园看似平静，其实隐藏了无数看不到的画面。张凌峰从操场的前头走到后头，已经打扰了好几对约会的情侣，他们要么怒骂，要么快速地离开，当然，郑阳和他的新女友并不在这几对里。

“滴滴滴”，这个时候，张凌峰的手机响了起来，是周正发的短信。

“好了吗？快点！”

张凌峰这才想起来，自己有手机，何必这样漫无目的地寻找？于是，他立刻找出郑阳的电话拨了出去。

果然，前方不远处，传来了一个手机铃声，然后郑阳接通了电话。

“喂！”郑阳的声音听起来很愤怒，似乎在埋怨这个不知礼数的电话。

“你晚上还回来吗？今天晚上老师要查房。”张凌峰压着声音说道。

“哦，那回去吧！怎么又查房，前天不是刚查过吗？”郑阳骂骂咧咧地说了几句，挂掉了电话。

几分钟后，张凌峰看见郑阳和一个女孩从前面走了过来，他迅速躲到旁边，等郑阳和那个女孩走远后才悄无声息地跟了过去。

九点五十八分，郑阳走进了男生宿舍楼。来到三楼的时候，整个宿舍楼顿时一片漆黑。按照计划，张凌峰应该在这个时候冲过去打晕郑阳，可是就在他犹豫着要不要按照计划进行的时候，一个人突然从背后按住了他，然后照着他的太阳穴打了一拳，张凌峰顿时晕了过去……

2

郑阳推开了宿舍的门，宿舍里黑黢黢的，只有蚊帐能看清。他打了个哈欠，刚往前走了两步，忽然觉得有些不对劲。

"周正,老张?"郑阳喊了两声。

宿舍里静悄悄的,没有任何声音。郑阳吸了口气,身体莫名地打了个冷战。

他拿出了手机,打开了手电筒功能,宿舍里顿时亮了起来。

三张触目惊心的白色灵床犀利地钻进郑阳的眼睛,他不禁往后退了两步。这个时候,宿舍门响了一下,似乎有人从外面锁住了门。

很快地,白色灵床上面的白布被风吹了起来,而郑阳也看到了另外一幕,灵床里面还有人。

"谁,周正?张凌峰?杜子明?你们搞什么鬼?"郑阳大声喊了一句,颤巍巍地走了过去。

灵床上的确躺着人,他们穿着深色的寿衣,纹丝不动。

"你们搞什么鬼?"郑阳害怕了,他回头去拉门,门却怎么也拽不开。

此时,又有风从窗户外面吹进来,灵床里面的人突然动了一下,跟着站了起来。

郑阳一下坐到了地上,目光惊悚地看着眼前的一切。

"夜风吹,百鬼催,灵床坐起催命鬼。"灵床里的人站了起来,直愣愣地向郑阳走过来,在昏暗的手机光线下,郑阳看见眼前的人穿着一件黑色的长袍,头发披散着,步履僵硬地走着。

"你是谁?"郑阳叫了起来。

那个人没有说话,只是机械地走。快要走到郑阳身边的时候,只见那个人突然停了下来,然后他的头一低,身体"哗啦"一下碎了。

"啊!"郑阳大叫了一声,然后眼前一黑,晕了过去。

"哈哈,晕过去了。"杜子明松开手里的绳子,从床上跳了下来。

郑阳已经被吓晕了,杜子明收拾着刚才洒落在地上的"人"。这是一个假人，它的两端分别被周正和杜子明操纵着。

“快下来收拾！”杜子明一边捡着那些零落的物件，一边喊道。

忽然，他停了下来，下面的灵床躺着一个人，借着光亮，杜子明看见他正是周正，而刚才和自己在上铺一起操纵的又是谁呢？

还没等杜子明反应过来，一个黑影突然从上铺跳了下来。他一拳打了过来，杜子明甚至都没来得及叫便晕了过去。

黑影的嘴角扬起了一丝鬼魅的微笑，他把杜子明和郑阳分别拖到灵床上，然后又帮郑阳换了一套寿衣。

一切准备妥当后，他走到门边，然后拿起了一把斧头，转过身，向灵床上的三个人走去……

3

如同无数根针一起滑过玻璃，发出刺耳的声响。那个声音最后变成一个画面：三张白色灵床上躺着三个身着寿衣的男生，窗外有风吹进来，白色的布条微微晃动，那三个男生的手也在动，然后他们慢慢地坐了起来。

张凌峰睁大了眼睛，愣愣地看着三个人直直地坐起来，僵硬地走到他的面前，他们分别是周正、杜子明和郑阳。

一股凉气顺着张凌峰的后背蔓延上来，他想喊，但是怎么也喊不出口，眼前的三个人的眼睛里开始流血，然后他们一起伸手向张凌峰冲过来，可是快要走到他面前的时候，他们的身体突然变成了块状，接着轰然倒塌在他面前，血肉模糊。

张凌峰大声尖叫起来，声音凄厉而悲愤。

“按住他！”一旁的陈医生对旁边两名护工喊道。

张凌峰的尖叫仍在继续，连接在他身上的几台仪器发出不同的振动频率，陈医生一边调整着机器按钮，一边看着张凌峰的表情。

“放开我！放开我！放开我！”张凌峰用力挣扎着，因为力气过大，他整个人在两名护工的压迫下瑟瑟发抖。

“给他打镇定剂！”陈医生皱了皱眉头，叹了口气。

镇定剂推进张凌峰的身体后，很快他便沉沉睡去。

走出病房，外面等待的人立刻围了过来。

“怎么样？”为首的是一名三十多岁，表情凝重的男人，他叫关风，是负责这起案子的警察。

“他的脑电波还是不稳定，通俗地讲，他现在依然沉浸在恐惧中。可能事情对他来说太恐怖了，他的记忆信号无法正常送达到大脑中，所以现在依然没有办法从他的嘴里知道事情的真相。”陈医生摇了摇头说。

“难道真的有鬼啊？”旁边突然有人说了一句。

“这个世界上怎么会有鬼？胡说八道！”关风回头看了一眼，最后目光落到了旁边一个女孩身上，她叫叶梅，是这起案子里死者郑阳的女朋友。

“不，任何事情都没有绝对性，鬼魂这个东西也是一样。比如说现在病人的这种情况，他陷在了恐惧中，会出现很多不真实的感觉，就算遇到鬼也是有可能的，不过这都是他自己的幻觉而已。我们现在只能等病人的情绪慢慢恢复过来，这个过程可能需要一段时间。”陈医生无奈地耸了耸肩膀。

走出医院的时候，关风喊住了叶梅。

“你能再跟我说一下昨天晚上你和郑阳的事情吗？”

“我已经说了很多遍！昨天我和郑阳在操场约会，后来他接到张凌峰的电话，我们就回去了。可是，谁想到竟然发生了这种事！”叶梅有些不耐烦地说道。

“你怎么能确定那是张凌峰打来的电话？”关风问。

“郑阳挂掉电话的时候骂了一句‘这个张凌峰，真是事多！’”叶梅说出了自己的理由。

关风没有再说话，若有所思地点了点头。

4

照片是现场照，血肉模糊，诡异重重。

三张本来是学生蚊帐的床铺，却被搞成了灵床，并且配有灵花。死者一共三人，分别是林城大学男生宿舍楼307的成员。他们全部穿着寿衣、寿鞋，分别躺在灵床里面，尸体被斧头砍得乱七八糟。

第一个发现现场的是307宿舍的张凌峰，他在推开门看见宿舍里的情景后，疯了一样跑向外面。因为恐惧，他从楼梯上滚下来，撞到脑袋，现在精神紊乱。

关风长长地叹了口气，用力揪了揪头发，这真是一起残忍又让人头疼的案子啊！

三死一疯，这样的噱头早已让那些记者抓到了新闻点，关风相信等到明天早上，整个林城的报纸、网站一定会充满各种各样的猜测。

突然，桌子上的电话响了起来。

“喂！”关风拿起了电话。

“在为案子纠结呢？”电话里传来一个腼腆的声音。

“陈池？”关风眼睛一亮，站了起来。

“是的，不欢迎吗？你知道，对于奇怪的案子，我向来很喜欢的。”陈池说道。

“陈医生告诉你的？”关风迅速搜索着能和陈池挂上钩的人。

“对，他问了我一些关于恐惧症的问题，我就顺口问了一下。”

“太好了，你要是能来帮我，我一定可以破案的！你什么时候过来？”关风兴奋地说道。

电话到这里突然挂了。

“喂，陈池？”关风冲着电话喊了一句。

这个时候，门开了，一个男生走了进来，微笑着看向关风。

“你的性格总是这样，突兀的事情总会让你情绪暴躁。”

“好你个小子，每次都给我来这套！”关风走了过去，一下抱住了他。

“好了好了，别搞得这么亲密！我现在好饿，你得请我吃饭。”陈池推开了关风。

饭店就在警局附近，一个面馆。

三盘小菜，一碗面，陈池吃得津津有味，但是旁边的食客们却吃不下去了。

“现场的三个人全部被砍得血肉模糊，搭建的灵床上都是血，怪不得张凌峰进去后会崩溃，那个现场的确很压抑，似乎是被人故意布置成那样的。”关风在一边描述着现场的情况。

“灵堂、寿衣、毁尸。”陈池吃完最后一根面条，念了念这几个词，然后若有所思地想了一会儿说道，“凶手故意把现场布置成灵床，是在追悼故人，还是有其他寓意？凶手毁尸通常有两种心理，第一是掩饰被害人的身份，其次是报复被害人。但是受害人一共三个，而且在死前穿上了寿衣，同时胁迫三个人，似乎有些不太现实，更何况三个人都是男青年。”

“对，我们也一直纳闷，为什么这三个人没有反抗？要知道，如果有大的动静，隔壁宿舍就能听到的。”关风点了点头说。

“唯一的可能就是，三个人不是同时被凶手杀死，而是分别被杀死的。”陈池伸手点了点桌子分析道。

“你的意思是？”关风愣住了。

“在凶手杀死最后一个人之前，前面两个人应该已经被凶手杀死或者因为其他原因没有反抗能力。根据循环推算，能够解开真相的线索，应该是寿衣和灵床。”陈池说着站了起来。

5

张凌峰睁开了眼。

他听到了恶魔的呼喊。

恶魔站在窗外，凝视着他。

如同他在那个黑暗的屋子里一样，睁开眼的瞬间，不是在宿舍，不是周正等人玩笑的灵床，而是一个实验室。

恶魔穿着白大褂，戴着口罩，手里拿着闪着银光的手术刀，眼睛里闪着鬼魅狡黠的光。

“你要做什么？你是谁？”张凌峰用力缩着身体，可是绑在身上的绳子却让他的一切动作显得徒劳。

“说一下你自己做过的错事。”恶魔说话了，声音沙哑，带着阴冷的气息。

“什么错事？我不知道！”张凌峰愣住了。

忽然，刀子瞬间贴到了皮肤上，冰冷的气息侵入骨子里，只要转瞬间便会割裂皮肤，插到骨头上。

“我错了，我不该捉弄同学，不该背后偷看别人的日记，不该去超市拿东西不付钱。”张凌峰筛糠一样地说出了自己做过的所有错事。

“不，不是这些。再想想，否则我也帮不了你。”恶魔摇了摇头，刀子立了起来，刀尖扎到了皮肤里。

“啊！”疼痛让张凌峰尖叫了起来，继而哀声喊道，“我真的不知道，我不知道啊！”

“好，我给你提示，2010 年 10 月 18 号……”

张凌峰顿时抿住了嘴，身体因恐惧而一阵阵颤动：“你……你怎么知道？”

“好，既然你已经知道这一切，那么下面你按照我的指示做。”男人收起了刀子。

张凌峰想到这里，长长地吐了口气，他的思绪从恐惧中回到了现实里。现在，他是一个精神病人，他需要按照对方的要求继续和警察周旋下去。这样的日子何时是个尽头？他不知道。

窗外的雨淅淅沥沥地下着，如同张凌峰此刻的心情。他不知道那个晚上究竟发生了什么，但是他相信周正等三人一定是被那个恶魔杀死的。

“砰”，一个东西从窗外飞了进来，落到了地面上。张凌峰一下坐了起来，然后下床拿起了那个东西。

这是一个纸团，里面包着一块石头，纸团上写着一行字。

看到上面的内容，张凌峰呆住了。

此时，外面闪过一道闪电，张凌峰猛地抬起了头，窗户外面站着一个人，他死死地盯着张凌峰，脸上带着属于亡灵的微笑。

“啊！”张凌峰一屁股坐到了地上，他清晰地看见了那个人的样子，他就是死去的周正。

片刻后，张凌峰迅速站起来，收起那张纸条，然后悄无声息地打开了门，向外跑去。

⑥

半夜的时候，陈池被一阵急促的敲门声惊醒了。

“快，跟我走！”敲门的是关风，他二话不说拉着陈池往外面跑去。

夜幕下，大雨倾盆。

“怎么了？”陈池一边穿衣服一边问道。

关风发动起车子，快速冲进了雨帘里。车子在阴暗的雨中穿行了十几分钟，最后来到了林城大学后面的一片小树林里。

现场已经停了几辆警车，闪着警灯，几名穿着雨衣的警察正在忙碌着。关风停好车，拉着陈池走进了警戒线里面。

在警戒线前面不远处，一个人跪在地上，雨水冲刷着他的身体，如同一座雕塑。他穿着医院的病号服，身体一动不动，俨然已经死去多时。

“张凌峰？”陈池脱口喊出了一个名字。

“不错。”关风点了点头。

“他怎么跑到这里来了？这是什么地方？”陈池往前走了两步，关风从旁边一名警察手里拿走一把雨伞，跟了过去。

“因为周正、杜子明和郑阳的尸检报告还没有出来，林城大学的师生为了悼念他们，便在这里给他们做了一个临时坟墓。当然，里面只有他们的衣物。今晚夜里两点多,张凌峰突然从医院跑了出来,来到这里。等到医院的人找到他的时候,已经是这样了。”关风解释道。

陈池走到张凌峰面前仔细端详了一下,雨水已经冲刷了太多的现场痕迹,但是张凌峰的尸体因为僵硬的缘故,保持着一种特定的姿势,并且他两只手的手指头前面全部破损,这种伤口和他面前被扒开的土堆形成鲜明的吻合。

“他在扒坟。”陈池盯着前面的土堆说。

“是的,现场是这样的。”关风点点头。

陈池闭上了眼睛,他在想象从医院跑出来的张凌峰受到了什么刺激来到这里扒坟,他希望找到什么?但是又怎么会死在这里?

“雨水冲刷了太多证据,唯一可以确定的是张凌峰是死后被人摆成这样的形状。确切地说,凶手刻意让他保持这样的姿势,待尸体定型后才离开的。”关风简单说了一下法医鉴定的结果。

“不对,不对,全都不对!”陈池摇着头,喃喃地说道。

“什么不对?”关风疑惑地看着他。

“布置灵床,尸体毁坏,精神崩溃,夜半被害。这些全部不符合逻辑,它们背后必然有一条主线,但这条主线是什么呢?”陈池皱着眉头走到张凌峰面前,此刻张凌峰的脸色已经变成了灰白,嘴唇微微张着,似乎在诉说着自己的冤屈。

陈池的思路依然在继续,张凌峰是通过哪种方式知道周正三人的临时坟墓在这里的?他来这里又要做什么?一定是有人通知了他,他在住院的时候手机已经被保管,能通知的方式只有人为的,也就是说,那个人也在医院里。

想到这里,陈池一下站了起来,回头对关风说:“走,去医院!”

7

投影机上映出了张凌峰离开医院的监控画面，从整个画面上来看，他是在夜里一点五十九分离开医院的。

关风站在台上讲着整个案子的经过以及他们在医院的调查情况，他时不时地看一下陈池，想让他说几句话。但是陈池却一直低着头，在本子上写着什么。

“基本情况就是这样，对于案件里的受害者的具体性格分析，我们请行为分析学专家陈池为我们作一下解答和推测。”关风直接把话题推到了陈池身上。

会议室里静悄悄的，与会者的目光全都落在了陈池身上，陈池却浑然不知，依然低着头在写些什么。

“陈池！”关风又喊了他一下。

“哦。”陈池抬起了头，看见众人的目光，他清了清嗓子，“刚才大家的目光一定都在我身上吧，可曾看见清洁工从门口经过？”

众人疑惑了，摇了摇头。

“这就是我们每个人的行为注重偏差，因为大家的目光都在我一个人身上，根本不会关心其他人。也许你会说，现在是开会，需要全神贯注，但是刚才关风在上面讲话的时候，至少有四个人在做其他事情。同样，在这个案子里，我们也犯了类似的错误。我们一直认为灵床和寿衣是凶手杀人后布置的，如果这些东西并不是凶手布置的，而是受害者自己布置的呢？”

“什么？这不可能吧？”一个警察惊叫了起来。

“就是啊，他们为什么要这样做？”有人附和道。

“这是唯一的解释，凶手如果杀人后再布置现场，一定会有特别的心态和行为。从正常的行为方式上来讲，这和凶手后面做的事情很不符。如果凶手可以布置出灵床这样的现场，他根本不会毁坏尸体，因为这样就毁掉了他精心布置的效果，何必多此一举呢？如果这一点我们可以确定，那么凶手则是在受害者准备好这样的现场后行凶，然后毁掉尸体，为的就是掩盖死者的身份。

307 宿舍一共四个人，死者却只有三个人，案发的那个晚上，张凌峰去了哪里？他在天亮后回到宿舍见到惨案，的确对心理会有很大的冲击，但是根本不至于精神崩溃，同样，造成他记忆缺失的原因是他跑下楼时摔倒了。根据正常人的行为分析，当一个从来没有见过凶杀现场的人见到惨案的时候，他的第一反应是呆滞，继而因为恐惧全身失去力气，瘫倒在地，即使有力气，也不可能冲出去。这种反常的行为只能说明一点，张凌峰已经知道宿舍的其他三人被害，他所做的一切都是装出来的！”

“这样看来，张凌峰就是凶手，他的死也是自杀，一定是他知道了周正等三人的临时坟墓，所以才去那负罪。”坐在对面的一个警察猜测道。

“不，看起来这一切顺理成章，张凌峰的死看起来更像是负罪自杀。但是监控录像里看到的画面，张凌峰走得很急，临走的时候他还对着医院门口的镜子看了一眼，整了一下头发。一个负罪即将自杀的人会注意自己的形象吗？确切地说，一个精神崩溃、记忆缺失的人会注意自己的形象吗？所以我说，张凌峰在出事前根本就是一个正常人，他什么都知道，甚至装成精神病，装成什么都记不得在这里演戏！”陈池越说越激动，把手里的本子一下摔到了桌子上。

8

307 血案，又一次出现在了林城媒体上，各种舆论和猜测铺天盖地地在城市里流传。陈池在警察局会议室里摔本子的消息不知道怎么也被透漏了出去，然后被一些好事的媒体大肆渲染，传言四起。

现在，陈池和关风已经顾不上这些舆论消息，他们要抓紧时间研究寻找真相的方案。陈池推测，既然张凌峰知道真相，那么他的背后一定有一个人。

“砰，”门开了，一个警察走了进来，他的手里拿着技术科对案件三名受害者的尸检分析报告。

“尸体身份没有错误，分别是周正、杜子明和郑阳。”

“确定？”陈池疑惑地拿过报告，仔细看起来。报告上清晰地写着：经过对现场尸块的检验和 DNA 认证，尸体的确属于周正、杜子明和郑阳。

“会不会是法医这边有失误？”陈池问。

“不可能，从挑选勘察尸块到鉴定、出结果，一直有我们的人跟进的。”关风摇了摇头说。

“如果确定是这三个人，估计我们又要陷入僵局了。”陈池放下报告叹了口气。

“不如我们去林城大学走走吧，兴许会有什么发现。”关风忽然想起之前陈医生在对张凌峰进行催眠测试的时候，曾经有不少学生来看，如果张凌峰背后真的有人，那么他一定会来看警察的测试结果。

陈池点了点头，没有再说话。

时间是周末，校园里人来人往。虽然这里发生了血案，但是却丝毫不影响学生们对生活的热情。操场上，有人在打篮球，有人在跑步。这种情景让陈池和关风想起了他们在警校的时光。

“我看过周正他们三个人的资料，我一直觉得他们的死有些蹊跷。周正来自一个破碎的家庭，父母在他小时候便死了，他一直住在姑姑家里；而杜子明来自一个贫困家庭，生活条件也不好；但是郑阳则不同，他来自一个富裕家庭。通常家庭条件优越的孩子对贫困家庭的孩子总有或多或少的歧视，而且据我了解，郑阳的品性并不好。从行为分析来说，我一直觉得他们三个人的同时死亡有一种偏差。”陈池边走边说。

“案发后，我调查过张凌峰，他和郑阳虽然是一个宿舍的，但也没什么冲突。不过在这之前，有一个女孩因为郑阳抛弃了她，跳楼自杀了。当时我还到过现场，那个女孩和张凌峰是老乡，本来我怀疑张凌峰是因为这个女孩杀死郑阳，但是张凌峰也死了，并且周正和杜子明都死了，这样的怀疑也就失去了可信度。”

“你能把那个女孩的情况跟我详细说一下吗？”陈池停了下来。

“好！女孩叫童倩倩，一次偶然情况下和郑阳谈起了恋爱，但是却在两个月后遭到了郑阳的抛弃，女孩想不开，最后跳楼自杀了。女孩很可怜，也很傻。哎呀！”关风突然叫了一下，一个篮球从背后砸到了他的身上。

回过头，一个穿着蓝色球服的男生跑了过来，他不好意思地冲着关风笑了笑。

“你还穿着蓝色球服，快点儿入队。”对面有人喊那个男生。

“哈哈，慌什么？看我的魔术表演！”那个男生放下篮球，把衣服脱了下来，反过来穿，他的衣服颜色顿时在人群中隐去不少。

看到这里，陈池眼前忽然一亮，拉着关风迅速向校外跑去。

9

他站在黑暗中。

他可以感觉到女孩就在他的面前。

他现在还清晰地记得第一次见到女孩时的样子，女孩抱着一个大袋子，迎面撞上了他。他慌乱地帮女孩捡东西，女孩身上若有若无的香味飘到他的鼻子里，他不禁惊呆了。

那次以后，他便爱上了那个女孩。他知道女孩叫童倩倩，音乐系的，每天早上都会去实验室吊嗓子。

无数次，他站在门外，听着女孩的声音，想象着女孩的笑容，小心翼翼地经营着自己的爱恋。

可是没想到，有一天他看到女孩竟然和郑阳站到了一起，他们牵手相拥，好不甜蜜。每天晚上，郑阳都会在宿舍里说今天他和女孩怎样怎样。他听着那些，心里在滴血，他知道郑阳是个花花公子，女孩等于跳入了火坑，可是他又无能为力。他曾经给女孩写过信，给过她暗示，甚至让她的老乡、自己的舍友张凌峰去找女孩，但是一切都无济于事。

终于，悲剧发生了。

女孩自杀了。他像疯了一样和郑阳撕打在一起，可惜最终被宿舍的人拉开了。

“你算什么东西，没看到吗？她死了都不愿意跟你在一起。”郑阳留下这句话，摔门而去。

是的，他没有资格做女孩的男朋友。女孩喜欢的人不是他，她喜欢郑阳，可惜遇人不淑。既然如此，那么他就让女孩和郑阳永远在一起吧！

这个计划，他蓄谋了很久，为了不让计划出现差池，他曾无数次模拟、想象、寻找漏洞……终于，它完美地实施了。

此刻，外面响起了敲门声。

他知道，警察来了。

他费力地拉开窗帘，让阳光照进来，即使走，他也要走得堂堂正正。

门被撞开了。

他坐到了地上，左手缠着绷带，甚至还在渗血。

他是周正。

10

关于周正的审讯，陈池进行了旁听。

每个罪犯的背后都有一个悲情故事，周正也不例外，他之所以杀死杜子明和张凌峰，是因为他们在郑阳和自己发生冲突的时候，从来没有帮过他。而且，张凌峰作为童倩倩的老乡，根本不管她跳入火坑，自毁性命。

在杀人开始的时候，周正设计了一个用灵床捉弄郑阳的玩笑，并且在布置灵床的时候，带回来了一具尸体，那个尸体是一个流浪汉，他成了这个案子的无辜牺牲者。周正在他们吓晕郑阳后，打晕了杜子明，然后对他们的尸体进行毁坏。为了让人相信自己也被害了，他特意砍掉了自己的左手，然后把那个流浪汉的尸体冒充到里面。

当然，在周正的计划里，张凌峰是一个特别的身份。周正威胁他让他装疯，并且按照他的指示误导警方，最后把他从医院骗到死亡现场，将他杀死。

周正交代完一切后，签字认罪，然后被带走了。

陈池依然在思考。

“走了,案子结了,我们可以休息了。”关风拍了拍他。

陈池没有动。

“有什么不对吗?”

“还记得我们是怎么发现周正没有死的吗?”陈池问。

“你在操场看到那个学生把球服反过来穿,为的是和别人的队服一样颜色。”

“那我问你,为什么法医在鉴定的时候可以准确地拿到周正砍下来的手上的皮肉组织去鉴定?”

“你是说……”关风愣住了。

“我只是从行为学的角度分析,也许真的只是巧合呢? 现在我要好好出去放松一下了,听说刚开了一家自助餐厅,你要不要请我吃啊?”陈池伸了伸手,长长地舒了口气。

“当然没问题!”关风搂住陈池笑嘻嘻地说道。

“说了多少遍了,别这么亲密,我还要找女朋友呢!”陈池一边推着关风,一边向外面走去。

审讯室的门关上了,一个男人从旁边的走廊走了过来,他在审讯室门口愣了几秒,然后走了出去。

门外,周正正被两名警察推进警车里。

看着载着周正的警车绝尘远去,他的眼泪不禁落了下来。每个人都会为他的罪过付出代价。

“陈医生,你怎么来了?”身后有人喊他。

“哦,我来找关风。”他说着,迅速擦掉了眼角的泪水……

动物凶猛

邹庚昕

1

初一,晴。

宜:祭祀、祈福、入学、修造。

忌:理发、安门、栽种、作灶。

从商业街出来,苏清一路都在炫耀他的新发型。穿过福安天桥的时候,苏清低着头往桥下看去,来来往往的车辆如同水流一般转向四面八方。他的目光稍稍挪移,看到从远处开来的一辆卡车,他停下脚步,死死地盯住那辆冲这边开来的车,像在黑夜中凝视一丝微弱的光亮。

三秒钟之后,苏清毫不犹豫地从福安天桥上跳了下去,头着地,响声沉闷。那辆卡车避之不及,像磨盘一样从苏清的身体上碾了过去。

我和白羽站在桥上,清楚地看到苏清被碾碎的尸体,犹如一片腐烂的花瓣。他的身体摔得扭曲变形,头颅边迸溅出无数鲜血以及看上去颇为黏稠的淡黄色液体，脸部已经分不清五官。

四周的群众开始拥向苏清的尸体，我和白羽恍然醒过神儿来，白羽几乎是在抽搐着说话："怎么回事？这是怎么……回事？"显然，他跟我一样，被吓傻了。

半晌，我才发出了一声古怪的声音——"啊！"接下来再不知说什么好。我实在是觉得难以置信，刚刚还跟我们有说有笑的死党，就这样突然死掉了。

我们两个人慌乱地向桥下冲去，白羽像瘫软了似的，一屁股摔倒在地上，我拉了半天才把他从地上拖起来，扶着他向苏清走去。

"他怎么会跳下去呢？好端端的，怎么会跳下去？"白羽激动得话语哽咽，说话的时候像是被掐住了喉咙。

我的眼泪刷的一下就下来了，这是我人生中第一次见到有人在我面前死去，而且还是我的好哥们儿。

人们来了又走，又有人来，又有人走。警察例行公事地执行着公务。只有我和白羽怔在那里，舍不得走，又不知道该做些什么。难道这是在做梦吗？

晚上到家后，我走到自己的房间，通过窗户看到远处高架桥上来往的车辆，心里不停地打着冷战，我想我快死了。

因为我似乎是看到了杀他的那个人，而且，这不是我第一次和他见面。

除此之外，也是最严重的一点，我并不确定那是否真的是一个人。

那是从两周前开始的。

那天体育课，同学们做完预备运动后便开始自由活动，我和几个男生到指定区域组成三队打篮球，轮换上场。当时运气颇为不佳，我和两个半吊子分成一队，差不多只有观战的份儿。我无聊地坐在篮球架下，用中指旋转着多余的一个篮球，视线望向远处时，看到教师公寓前那排单杠下蹲着一个人。

我起初没有在意，看久了才发现，他一直在注视着我。

我放下篮球，也开始盯着他看，虽然隔得很远，但我确定我们当时是四目相对的。

我看着他，他站了起来。当他站起来时，我惊呆了，这个人看上去有两米多高，双腿畸形，双臂像猿猴一样吊在肩膀上。他的脑袋极小，因为太远，我无法看清楚他的面容，但是隐隐看得出他的脸和一般人的脸是不一样的。

我站起来，正准备走过去，旁边的男生拍拍我的肩膀："该我们上场了。"

三天后，在我回家的路上，我和白羽、苏清走过福安天桥等信号灯时，我在车辆穿行的缝隙中再次看到了那个人。这一次，我看清楚了他的脸，那是一张像罐子一样的脸，非常光滑，五官极小，神色黯然，看东西时仿佛没有焦点，耳朵几乎紧贴着脸部，呈现出鱼鳃一样的形状。

后来的几天中，我越来越频繁地看到那个人，不同地点、不同时间，犹如被人跟踪一样。体育场、饭馆、厕所、厨房、教室，这个人无所不在，而且总是一声不吭地出现在我的视野中，有时候一待就是几十分钟，有时候则是瞬间不见。

一日复一日，我都开始怀疑自己是不是犯了什么罪或者偷了哪家东西未曾归还？简直是见鬼了！

苏清死的前一天夜里，我也看见过他。当时我们下晚自习回来经过福安天桥的时候，他一动不动地站在桥上的铁架台边，悠闲自得地盯着来来往往的学生。

我实在按捺不住，问身边的白羽："你看到那边的那个人了吗？"

白羽定睛张望，我再一看，他已经不在了。

第二天，我和白羽、苏清放学经过福安天桥，苏清忽然走到我和白羽的前面，用一种痛苦的目光盯着桥下。

白羽也许什么都没看见，可是我却看见了一切。

在苏清身后站着的，便是一直以来我所看见的那个人。我的目光最开始只是落定在苏清的头部，视野中也只有他的脑袋。但是一瞬间，我看到一只黝黑的左手按在苏清的头上，而那只右手则强行拧住了苏清的下巴，两只手像拧啤酒盖子一样固定着苏清的脑袋。这个时候，苏清的头部正在剧烈地挣扎着。

我睁大眼睛，想大喊一声，喉咙却感到一阵强烈地收紧。

两秒之后，苏清被那个男人推下了福安天桥。

确切地说，是男人拧住了他的脑袋，然后将他的身体在空中抡了一个圈，最后抡下桥去。

人群聚拢的声音在桥下响起来，我和白羽呆立在桥上，同一时间失去了对外部世界的一切反应。

一股急剧的冰冷从我的脚底板升上来，我看到那个人仍旧站在人群中，而福安天桥上来来往往的人群拥向桥边时全都可以穿过他的身体。

在警报声从远处传来时，那人转身离开了。

2

十四，晴。

宜:会亲友、采纳、入殓、沐浴。

忌:出行、治病、安葬、开市。

所有的人都认为苏清的死不过是一场意外,事件以难以置信的速度得到平息,但是我知道,一切没那么简单。

苏清葬礼那天,我和白羽、冯娜、颜琼代表全班到场。两个女生从到场开始,就互相依偎着呜呜咽咽地抽泣,我知道这个本不应该举行的葬礼给我们年轻的心蒙上了浓浓的阴影。

因为要及时赶回学校,我们并不能参加葬礼的全过程,代表全班同学给苏清栽上白花之后,我们就要离开了。

葬礼进行到一半,我和白羽、冯娜、颜琼每人栽两兜花树。

栽树的时候,我一直觉得心神不宁,不断地回头看那些来参加葬礼的人,他们都是苏清的长辈,每个人脸上都裹着一层阴沉的忧郁。

我看过每个人的脸,没有看到那个人,我以为他会来。

就在我目光回转的时候,我猛地又抬起头,看到冯娜拿着铁锹那只手的手背上有一只黝黑的手若隐若现。

白羽看到了我的表情,随即问:“你怎么了?”

我想说话,可是嗓子眼又感到一阵紧缩,所有的血肉仿佛抽搐了一样,一句话也说不出来,身体也凝固了。

在冯娜的手背上,那只手越来越清晰,随着手的出现,整条臂膀也迅速显露出来,最后浮现出了整个身体。

那个人又来了!

我无助地瞪着冯娜所站的方向,紧咬牙齿死盯着冯娜的脸。我在心里拼命地喊着:“白羽,快救救冯娜!快!快!快!”可是,我的喉咙却一点儿声音也发不出来。

我用目光示意白羽，期盼他能看懂我的眼神。

果然，随着我的目光和表情，白羽缓缓地转过头去。

可是他又立即回转过头来："你盯着冯娜做什么？"

白羽是看不到他的！

就在这时，冯娜的身体忽然往后一抽，整个人倒在了地上。白羽似乎明白了什么似的，立即扭身跑到了冯娜身边，苏清的亲人也一下子拥了过来。

苏清的亲人抱住了冯娜，我听到人群后面冯娜不停地踢蹬着地面。我想，她一定是被那个人掐住了喉咙而不断挣扎。

苏清的亲人试图抱起她，可是被她迅速挣扎开了。

就在这时，山上忽然响起一阵鞭炮声。天空中回响起噼噼啪啪的声响，我打了一个冷战，发现自己可以动弹了。我冲入人群，看到躺在地上的冯娜没再挣扎，我慌张地看了白羽一眼："她死了？"

白羽表现得十分冷静，他二话不说，抱起冯娜就往山下跑，没跟我说一句话。

等我拉着颜琼赶到医院的时候，白羽坐在冯娜的病床边，见到我便问："你当时看到什么了？"

我摇摇头："说了你也不信。"

"那得看你说什么，牛鬼蛇神我没见过，杀人犯我还是在电视上见过不少的。"白羽不停地追问我，他隐隐觉得，这其中必然有联系。

"我怀疑我看见的根本不是人。"我一脸认真地看着白羽。

"那还能见鬼了？"

"你真想知道？"

我把苏清和冯娜受到伤害时所看见的一切都告诉了白羽和颜琼，

还有在那之前我所看到的种种景象统统说了一遍。白羽听完后看看病房里的冯娜,对我和颜琼说:“这件事情,千万不能告诉冯娜!”

“要不是你非要我说,我也不会告诉你们。”我说。

白羽一瞪眼:“难道你就听之任之,让苏清的死继续上演?”

颜琼看我们一眼:“别话多了,现在怎么办啊?”

我坐下来,耷拉着脑袋说:“能怎么办?只能听天由命,因为我们谁也不能把那个人怎么样。”

这是实话,我们谁也阻止不了那个人,谁也无法阻止别人的死。在苏清和冯娜被伤害的时候,我清楚地看到了那个人的身影,但是无法呼喊也无法行动,整个人被一种巨大的力量控制着。道理再简单不过,连我这样可以看到他的人都无法阻止死亡,那么那些连看也无法看到他的人,死不是非常顺理成章吗?

我和颜琼、白羽在冯娜的病床前滞留了一阵便回学校了,在回去的路上,我问颜琼:“你不害怕吗?”

颜琼看了我一眼,低下头。我知道这件事远远在她心理承受能力之外,从事情开始一直到现在,她还没有完全地接受。

白羽反问我:“你不怕吗?”

我无奈地扯动嘴角:“不怕是假的。你们好歹身处混沌,可我是眼睁睁看着人死的。心力交瘁、日渐衰亡、气血耗尽,终有一日必将死无葬身之地。”

“别把你自己说得那么凄凉,说不定那个人根本不会杀你,我们才是他的目标。”白羽试图让气氛变得轻松一些。

“为什么?凭什么杀你们?”

“长得比你好看。”白羽做出孤芳自赏的夸张表情。

我也故意搞笑地说："这点我承认，整容手术做后悔了吧？"

白羽摇晃着脑袋："嫉妒我英俊别栽赃啊，你这人忒没劲！"

"你有劲！有劲你怎么没救救苏清？"我懊恼地反驳。说出这句话的时候，我都觉得自己不是人。

颜琼着急地看着我们："都这样了，你们还有心情开玩笑？还是想想接下来怎么办吧！"

我和白羽低下头，谁都没有说话。我们最好的朋友苏清死了，我们在和一个看不见的人战斗，我们要怎么办呢？

3

十六，小雨。

宜：订盟、裁衣、入学、掘井。

忌：理发、沐浴、入宅、嫁娶。

冯娜出院后，我们的情绪渐渐缓和了一些，说起话来也不像之前那么阴沉。不是我们忘记了死者，而是我们害怕自己没有更多的时间了，所以谁也不想提及那个人。

这天，我和白羽在校门口左右张望，没看到一个顺眼的人可以借把伞给我们。白羽靠在门卫室的墙边上，哼哼唧唧地唱着一首 R&B 曲风外加中国风的流行歌，我听了半天也没听清楚他唱的是什么，冷眼看他："你唱累了就歇会儿。"

"对不起，不累！"他坏笑着继续唱。

我扭过头，老远看到冯娜和颜琼撑着伞从教学区的石级上下来，我拍拍白羽的肩膀："来了，来了，我们有救了！"

白羽挺身直立，看着冯娜和颜琼有说有笑地走过来，喜滋滋地说：

“以前都是我救美人，今天敢情美人救我啦！”

我斜着眼睛瞧他一眼：“你救过哪个美人？怎么没上报表彰。”

“你管得着吗？我做好事从来不留名！不像你那么虚荣，捡十块钱都恨不得上《焦点访谈》。”

正说话的时候，颜琼和冯娜已经来到我们面前，两个女生各撑一把伞笑嘻嘻地说：“亏你们还是男的，这么点儿雨还躲在这里避。”

白羽一张嘴：“哪儿啊！看到你们过来，准备给你们两个人保驾护航呢！听说最近坏人特别多，我们不能让坏人祸害了祖国的栋梁。”

颜琼撇嘴一笑：“你们俩是不是坏人我们还不知道呢！”

我说：“我们俩能坏到哪儿去啊？还不够凑一瓶502粘鞋的呢！”

白羽连连说是，冯娜笑着看颜琼一眼，主动把伞递给白羽：“你们俩打这把，我跟颜琼撑一把。”

说着，冯娜已经藏身于颜琼的伞下，两个人匆匆离去。我和白羽一愣，白羽质问我：“你怎么不把握好时机啊？”

我笑着说：“想跟冯娜打一把伞你现在就能冲上去啊，在我的怀抱里你寻找不到任何安慰。”

白羽将伞撑到我头顶：“算了，委屈我一下吧！”

我和白羽撑着伞穿过商业街一路走到福安天桥上，走到前不久苏清跳下去的地方时，白羽神色恍惚地一路往回看，我明白他在知道我所说的一切后始终不能保持镇定。当然，换了我也一样，谁也不想不明不白地死。

我们都深陷在对苏清的缅怀之痛中，同时对死亡充满了恐惧。

白羽问我：“这段时间你看到他了吗？”

我点点头：“有一两回，他就站在远处，一动不动。”

“他从来不说话?”

“应该是。兴许说了,说的也不是人话。”

我们从福安天桥上下来,在一家药店门口看到冯娜和颜琼在那里抓药。颜琼见我们过来,便小声告诉我们:“冯娜这两天嗓子一直不舒服,今天特意来看病抓药。”

“你没跟她说那个吧?”白羽惊惶地问。

“我傻呀?”颜琼的表情颇为严肃。

冯娜抓好药牵着颜琼的手头也不回地往前走,我和白羽匆匆跟上去,白羽说:“你们俩别见了我们跟耗子见了猫一样撒腿就跑成不成?我们又不是荆轲,你们也不是秦王,干吗要躲着我们?”

我点头:“对,对,都是祖国的花朵,应该友好和睦。”

颜琼回头瞧我们一眼:“嫌你们废话太多。”

我正想说话,忽然从颜琼身后不远处看到了一团黑糊糊的东西。这时冯娜撑着伞往前走,颜琼也跟着她走了。

我从白羽手中握住伞,大叫到:“别往前去!”

颜琼大概也意识到了什么,猛然回头看我,又急促地想去抓冯娜的手,可就在这个时候,冯娜已经冲进了雨中。

她飞快地奔跑在雨里,朝这条街尽头的那个路口飞奔而去,我看到一团黑影在她身后像助推器一样将她往前带动。

白羽几乎是疯掉一样跟着冲进了雨里要去拉冯娜,可是一切都来不及了,冯娜冲入路口街道的速度大概可以让世界冠军也望尘莫及。

白羽冲向了街道,继而尖声大叫。

街道正中,冯娜被疾驰而过的汽车撞得飞出了好几米,身体落在地上,仿佛一朵碎裂的莲花。鲜红的血液晕染在路面上,被雨水带到街边的渗水网中,流向了死亡之地。

我站在原地仍旧无法行动。颜琼走过来时,我目瞪口呆地看着远处的黑影。是他！又是那个人!

颜琼捏住我颤抖的手,她还不知道前面发生了什么事,问我:"你怎么样了?"

"我快疯掉了!"我在心里说。

连续几天里,白羽一直没能从冯娜的死中解脱出来。我使尽全身解数也没能换取他哪怕一点点的笑容。

我不知道他是不是在生我的气,冯娜死的那天我呼喊的那一声并不及时,也许是我造成了冯娜的死并埋下了白羽对我的憎恨。

我为此感到无比愧疚和深深自责。

那些天我一直和颜琼在一起。后来一天放学的时候,我们发生了一次争吵。

她问我:"你不怕白羽出事?"

"我不知道该怎么办,我真的不知道！苏清和冯娜不都是在我面前出的事吗？而且……而且我是亲眼看到他们被那个人杀掉的。"我无比难过,也无比沮丧。

"你是不是觉得那人跟你有关系?"颜琼是个少见的理科比文科优秀的女生。她的冷静与理性在此时显现了出来。

"不是我觉得与否,而是事实已然呈现出这个结论。"

"告诉警察吧!"颜琼认真地看着我的眼睛。

"你不想等我们几个都被抓进精神病院后再多几桩密室杀人案吧?"我故意调侃地一笑。

"那你也不能眼睁睁地看着身边的人一个接一个地死掉吧?"颜琼

毫不相让。

“我能怎么办?”我有些恼怒。因为被白羽排斥,我的情绪很多时候无法自控,我说:“这种事情,吃不了就兜着,又不是我杀了大家!”

“周渺然,你简直是个混蛋!”颜琼怒气上涌,出口骂我。她一脸哀怨地看着我,然后愤然离开。

我看着福安天桥下的车辆,想到那天苏清死时的惨况,心里纠结复杂。我仿佛看到了黑暗中苏清用一双难以瞑目的眼睛在死盯着我,继而伸出冰冷的双手抚摸我的脸颊,想让我替他找出死因,找到可以令他永远安息的理由。

我看到桥下的车辆,瞬间感到无助,于是捂住脸哭了起来。

4

十九,阴云。

宜:出行、栽种、安床、作灶。

忌:沐浴、伐木、分居、交易。

下午第一节课上,大部分的学生都昏昏欲睡,我和白羽也不例外。这几天,白羽的情绪好了许多,我和颜琼也平静了下来。我告诉她,我会努力想办法的。激动的人是白羽,他说不管那人如何手眼通天,他都要遇鬼杀鬼、见佛杀佛。

关于这其中的玄机,是颜琼想出来的。

那天我和白羽、颜琼从学校微机室出来,颜琼说:“我看现在我们的注意力存在一个极大的盲点。”

“盲点?”

“嗯。”颜琼点点头,“我们一直都在思考苏清、冯娜的死和周渺然的关系，可是忘了周渺然和那个人之间的关系。”

白羽恍然大悟地看着我：“对呀，为什么只有你看得见那个人？”

就在这一刻，颜琼和白羽不约而同地盯着我的脸。我的目光在眼前晃了一圈，脑海中忽然浮出几个场景，瞬间明白了他们的意思。

我摘下自己的眼镜：“照你们这么说，似乎就是这样的。”

我第一次看到那个男人，是我在体育场打篮球的时候，当时我注视前方，他便出现在了我的视野当中。当我上场打篮球的时候，他便消失得无影无踪，因为当时打球我摘下了眼镜。

我看着自己手中的眼镜：“你们觉得，戴上它就可以看到那个人？”

颜琼问：“他最近出现得频繁吗？”

我点点头。

颜琼从我手中拿过眼镜：“之后的连续两天，我们每人戴这副眼镜半天。”

我和白羽、颜琼三个人轮换戴着那副眼镜，平安地度过了两个日夜。事实证明，白羽和颜琼是看不见那个人的。而我在戴上那副眼镜的时候，看到那个人的次数多达七次。

白羽和颜琼一致认为死者的死因和我有关系，之所以只有我能看到死者受害的真实过程，是因为我碰到过什么不同的人或者事情。

但是经我回忆，没有一件事情可以作为依据。

“但是明明只有你看得到。”颜琼说话时，白羽连连点头。

我看着他们：“你们不是要打我眼睛的主意吧？这个可不能给你们！”

从那之后，尽管白羽、颜琼排除了我的眼镜有着诡异功能的可能性，可是我却对眼镜持怀疑的态度。

确定是那副眼镜在整蛊作怪，是在我上语文课的时候。

当时我做完笔记抬头往前看了一眼，那个人就站在教室饮水机的边上，一动不动地站在那里。

他看着我，我也看着他，四目相对了一阵，我摘下眼镜揉了揉眼睛，正欲戴上眼镜，发现视野中的那个人已然不见。

我低下头看看自己的眼镜，然后向前排的学生借来他的眼镜戴上，视野中仍旧没有那个男人。当我再次将自己的眼镜戴回，那个男人又出现了。

我把自己所做的一切告诉了白羽和颜琼，然后摘下眼镜说："我想很可能是这副眼镜的问题，这里面是不是有什么古怪？"

颜琼看着我的眼镜："可是我和白羽戴上之后都没问题。"

白羽点头："应该是你戴上之后才会出现诡异的事物，你和眼镜，两者缺一不可。"

我看着手中的眼镜，猛地抬手摔碎在地上。

我用脚狠狠地踩了一下那副眼镜，如释重负地看着颜琼和白羽："好了，眼镜不存在了，缺一不可的二者少了眼镜，这下不会再发生什么事了。"

颜琼盯着我的脸，又看看脚下被踩得扭曲变形的眼镜，说："万一是别的什么原因，你不是滥杀无辜？"

"宁可错杀一千，不能放过一个！这是人命关天的大事。"

下午放学后，我去经常光顾的那家眼镜店重新配了一副眼镜。

老板问我还要不要验光，我说不用，直接配。

配好眼镜后，我穿过居民区的中心花园一路上楼来到白羽家。前来开门的是他妈妈，我叫了声阿姨，他妈妈说："周渺然啊，白羽在洗澡，你先坐着。”

我接过白羽妈妈递来的遥控器自己挑选了一个频道，坐在沙发上看了大概二十分钟，晚自习的时间眼看快到了。

我问：“阿姨，白羽还在洗吗？”

这时候白羽妈妈从卧室里出来看看时间：“哟，这孩子怎么洗了这么久？都快一个钟头了！”

说着，白羽妈妈往浴室方向走去，我忽然感觉到一种异样，于是起身紧跟其后。还没等我发现什么，白羽妈妈突然大叫一声，双脚在地上踩来踩去不停躲闪：“这孩子怎么把水漏出来了？洗得到处都是！”

我看着地上的水，脸色忽然变了：“阿姨，快把浴室门打开。”

白羽妈妈见我一脸恐慌，立即用力拉开了浴室的门，门一经拉开，她便大叫起来。

白羽整个人瘫倒在浴室中，湿淋淋的浴巾覆盖着他半个身子，长长的浴头水管在他的脖子上绕了一圈，如今已是松弛状态。而从他脖子上深深的勒痕可以看出，刚才有人用水管紧紧地勒住了他的脖子，最终使其窒息死亡。

白羽妈妈捂住脸失声痛哭，我脑袋嗡的一声几乎要炸开了。那一刻，我感觉到一股强烈的异味堵塞在我的喉部，我患了短暂的失聪，一瞬间只看到白羽妈妈悲伤痛哭的脸，却无法听见任何声音。

这一次，我觉得死掉了的是自己。

5

我和颜琼从白羽家出来后，颜琼一直没有说话。不管我们如何安慰，白羽的父母都无法承受丧子之痛，我和颜琼最后只能无功而返。

我们缓缓地走在街道上，看着来来往往的人群和川流不息的车辆，表情麻木地往前走，仿佛已经无法感受到这个世界的存在，更无法辨认出路边的事物究竟哪些是真的，哪些是假的。

我们虽然一直在呼吸，但是也近似于死掉的人。我看看脚下的路，极度怀疑这世界所有构造的真实性。

当我抬起头的时候，第一眼看到的是给我配眼镜的老板，我毫不思索地拉着颜琼的手向店里走去。

“怎么，又想换眼镜了？”

“不，我看到了一些东西，似乎和在你这里配的眼镜有关。我想问问你，看你能不能回答我一些问题？”

“你说说看吧。”

我把苏清、冯娜，还有白羽的事情告诉了眼镜店老板，颜琼站在身边替我补充了一些细节。我们问他：“你是不是知道什么？”

“关于死者的死因，我也不敢说自己都能明白。但是我听说过一种事情，和你说的那个谋杀者有些关系。”

我追问：“什么事情？”

“你们听说过空间理论吗？”

“空间理论？”我不明白。

“简单地说，就是指时空对应性。”

“时空对应性？”

老板说：“通常，一个时间点就对应一个空间点，此刻空间里的一切事物，也只能在此刻出现。”

“打个比方吧，”老板说，“现在，在这个店里只有我们三个，假如十分钟之后这里进来第四个人，那么正常时候，第四个人现在不可能出现。”

我听得越来越玄，问：“那不正常的时候呢？”

老板诡异地笑了笑：“不正常的时候，他可能就出现了，形成空间混乱。”

“难道说……”我想了想老板的话，“我所看见的人不是此刻的？”

老板说：“特别年月出生的人配上特殊的数字，很有可能引起空间混乱的现象。”

“是因为我的生日和我现在近视的度数，这两个数字相撞，所以造成了空间混乱？”我问老板。

“应该如此，”老板说，“你看到的那个人，是被你从另一个时间点上吸引过来的。”

我从眼镜店的镜子里看到自己的眼睛，一瞬间忽然觉得无比恐惧。我凝视自己的脸，然后问老板：“你知道那个谋杀者是谁吗？”

“我怎么会知道你引起了哪个空间的错乱？”老板笑着说，“说不定他是个杀人狂，死了几百年了，是几百年前那个时间点对应空间里的人，现在被你吸引过来了，所以他可以在你的视野范围内随便杀人，不过你放心，他不会杀了你。”

我怔在原地，一句话也说不出。这个时候，我忽然了解到一个事实：苏清、冯娜，还有白羽，他们都是被我间接杀死的。

颜琼看着我，她大概猜测到我在想什么了。

这时候，老板拿出小本儿列了一个表，又翻出一个皇历表，说：“我再给你们指点一下迷津。

按照你说的日期，事情应该是这样：

苏清死的那天：初一，晴。

宜：祭祀、祈福、入学、修造。

忌：理发、安门、栽种、作灶。

冯娜第一次被害：十四，晴。

宜：会亲友、采纳、入殓、沐浴。

忌：出行、治病、安葬、开市。

冯娜第二次被害：十六，小雨。

宜：订盟、裁衣、入学、掘井。

忌：理发、沐浴、入宅、嫁娶。

白羽死的那天：十九，阴云。

宜：出行、栽种、安床、作灶。

忌：沐浴、伐木、分居、交易。”

我看着老板列的皇历表，震惊地说：“原来一切都有提醒。”

颜琼看着我：“什么提醒？”

我说：“苏清死前，正好剪过头发，而那天忌理发；冯娜第一次被害，是苏清的葬礼，那天忌安葬；冯娜第二次被害，当天下着小雨，皇历上写着忌沐浴，淋到雨和沐浴，形式上颇为相似；白羽死的那天，也是忌沐浴，所以白羽也死了。”

颜琼看着皇历表：“果然是这样。”

这时，老板笑着说：“我只能告诉你们这些了，剩下的事情，你们自己解决。”

临走前，颜琼先走一步，老板低声问我：“每次看到有人被杀之后，你是不是特别难受，感觉自己快死了？”

我点点头。

老板无奈地一笑，说：“那是因为，引起空间混乱是要折阳寿的。”

回去的路上，我整个人像一个掉了脑袋的孤魂一样在街上乱撞。颜琼跟在我身后，生怕我出现什么意外，无论如何我也无法接受这个事实，是我间接杀害了自己的朋友。

我感到胸口阵阵剧痛，苏清和白羽的死状再次涌进我的脑海，我想起三个人在一起的某些片段，那些片段更如尖刀割着我的神经。死人本身就是一件非常可怕的事情，而杀人则比死人更可怕，可我却在不经意间不费吹灰之力杀死了自己最好的朋友。

我的眼前一阵眩晕，犹如烈日当头。

我真的很想死一回了。

⑥

二十八，晴。

宜：沐浴、出行、会亲友、入学。

忌：祈福、作灶、造桥、掘井。

初二，晴。

诸事不宜。

那段时间里，颜琼一直在照顾我的情绪，想尽了办法让我放松。我知道她的用心良苦，也假装和她调侃说笑，不想令她担心。

但在内心深处，我仍旧无法忘记那些死者，表面上的喜悦和挂在嘴边的调侃反而令我独处一室之时更加感到愧疚。

我告诉颜琼，家里人已经帮我预约了眼睛治疗手术，我要彻底治疗自己的近视。但是因为近期做这个手术的人比较多,所以我的手术排得比较靠后。

颜琼第一反应就是:“听说做了这种手术之后,等你老了,眼睛会不灵光的。”

我故意搞笑地说:“人生自古谁不老,留取丹心照汗青。”

“美得你!”

我认真地说:“等我眼睛治好了,空间混乱应该就消失了,希望一切都能平静下来。不过这两天,你出门可得好好看皇历。”

“怎么,你怕我死啊?”

我不好意思地一笑:“怜香惜玉嘛!”

颜琼脸一红,指着开到我们面前的公交车:“车来了。”

我在临窗的位置坐下,颜琼问我:“你觉得被你吸引过来的那个人究竟是什么人啊?”

我摇摇头,说:“实话实说,我从来没觉得他长得像人,大体上像个人,可是看上去又不是个人。”

“不会是火星人吧?”颜琼笑了笑。

“要是火星人,我就不用做手术了,下次再看见他,直接告诉他‘地球太危险,你还是回火星去吧’。”我用周星驰的腔调念着那句台词。

就在这时,公交车停了下来,一群人呼呼啦啦地从前门上车,我的目光落在一个衣冠楚楚的人身上,我看了一阵,这才认出那是我初一时候的老师刘铭易。我正想叫一声,忽然觉得喉咙一阵哽咽,一股深深的惶恐立刻涌上了大脑。

在刘铭易的身后,一个高大的黑影缓缓伸展开,五官和手指的轮廓渐渐清晰。和以前一样,我再也发不出声音,只能眼睁睁地看着那个人伸出手，将手掐在了刘铭易的脖子上。

刘铭易双眼暴突倒地，身体在地上一阵抽搐，公交车内霎时混乱起来，几个年轻女人蹬着高跟鞋连忙闪躲。当司机停下车时，刘铭易已经死了。

颜琼用惊恐的目光看向前方，我松开一口气后，瘫坐在座位上，捂着脸，哭了。

刘铭易的尸体被转移下车，颜琼扶着我离开公交车站时，小声地说："这不是你的错。"说着，滚滚的泪水顿时涌了她一脸。

"可这一切都是我造成的！"

"你又无能为力，再撑一些时间吧，等你眼睛好了就没事了。"

我抱着脑袋在公园的长凳上坐下，沉思一阵，郑重地对颜琼说："从明天开始，我们不要再见面了。"

"你怕什么呀？我都不怕！"颜琼轻推了我一下。

"我不能把你害了！"

"现在你良心发现了，真想流芳千古？"

"我跟你说真的，没开玩笑！"

"我也说真的，没开玩笑。跟不跟你见面，那是我的自由，你管不着！"

"我是真的为你好，现在凡是在我视线范围内的人，都有可能成为牺牲品。"我把手放在颜琼肩膀上，"颜琼同学，国家需要你的时候你再去堵枪眼、炸碉堡，不要把生命浪费在儿女情长上了！"

"说得你多高尚！"

我刚刚懊恼的情绪又被她融化了，但回家没多久，我就感觉自己喘不过气来，刘铭易死前的模样突然钻进我的脑海，像一枚子弹直穿心脏。

我觉得我杀死的人不是刘铭易，而是我自己。

想起与颜琼的调侃，我觉得自己真不是个东西。我怀疑我是否认真对待过死亡，不管是别人的，还是我自己的。

我的内疚难道是一种自圆其说吗？

依照约定，我向学校请了假，连续几天都没和颜琼见面。但在做手术的前一天，也就是星期六那天，颜琼来到我家楼下，硬是将我约了出来。

“不是说好了不见面吗？”我见到她就说。

“我要你陪我去个地方。”

颜琼带着我倒了三次公交车，然后爬了三百多级台阶，最后将我带到了西郊的大佛寺门前。

我说：“搞了半天你要出家呀？”

颜琼白了我一眼：“你见过女的跑到和尚庙里出家的？”

“佛门净地，不搞性别歧视，这你都不懂。”我说。

“我是要给你祈福！”颜琼一脸认真地看着我。

我愣了一下，不好意思地说：“你怎么还信这一套？”

颜琼一边拉着我往里走一边说：“不管怎么说，治疗近视的手术大大小小也是个手术，眼睛是心灵的窗口，你这人心灵已然是无可救药了，心灵的窗口再毁了，我怎么跟你爸妈交代？”

我乐了：“没看出来，原来你就是那救苦救难的观世音呀！”

“世音是观照不到了，勉为其难，观照你一下。”颜琼妩媚一笑，拉着我进主殿。

我站在主殿边上看她秉香祈福，自己走到木鱼边上，低头看到一本皇历，便无聊地翻了起来。翻到某一页时，我忽然想起了什么，问颜琼："刘铭易死的那天是几号？"

颜琼睁开半边眼睛看我："别闹，闹了就不灵了！"

我心里慌张起来，急切地翻找刘铭易死去那天的日期，看了看皇历，上面写着：

二十八，晴。

宜：沐浴、出行、会亲友、入学。

忌：祈福、作灶、造桥、掘井。

接着，我又翻看了苏清、冯娜、白羽死时的日期，查看了皇历，随即发现了一件惊人的事情，迅速扭转头想让颜琼快点离开。

可是我的声音和身体又凝固了。

就在这时，颜琼站了起来，匆忙跑到屋外，我不知道她要做什么，可是我知道她已经走到了死亡的边缘。

在离她很近的地方，那个人又出现了。

我拼命挣扎身体，可是仍旧一动不动。这时颜琼跑到了门外，脱离了我的视线，那个人影却越来越清晰，并一步一步向门外走去。

一阵"噼噼啪啪"的声响之后，我的身体忽然一颤，我居然可以动了。

我飞快地跑到门外，看见颜琼安然无恙地站在那里，猛地把她抱住，惶恐地问："你没事吧？"

她用力推开我："我能有什么事啊？"

回去的路上，我把我在主殿里看到的情形告诉了她。我说："我绝对没有撒谎，当时我的确看到他了，他想杀了你。"

"可是他没有杀死我，那一定是你的幻觉。"她说。

“不,我有一个很好的证据。”

我把颜琼带到我的家里,然后拿出挂历,用上面的皇历表重新记录了死者的死期:

苏清死的那天:初一,晴。

宜:祭祀、祈福、入学、修造。

忌:理发、安门、栽种、作灶。

冯娜第一次被害:十四,晴。

宜:会亲友、采纳、入殓、沐浴。

忌:出行、治病、安葬、开市。

冯娜第二次被害:十六,小雨。

宜:订盟、裁衣、入学、掘井。

忌:理发、沐浴、入宅、嫁娶。

白羽死的那天:十九,阴云。

宜:出行、栽种、安床、作灶。

忌:沐浴、伐木、分居、交易。

刘铭易死的那天:二十八,晴。

宜:沐浴、出行、会亲友、入学。

忌:祈福、作灶、造桥、掘井。

我说:“你看,一开始我想错了。”

“什么想错了?”

我指着刘铭易死去那天的皇历，说："按先前的推论，只要当天皇历上写了'忌'的事情，死者一旦做了，就会死掉，但事实并不是这样。你看，刘铭易死的时候，他不可能作灶、造桥、掘井，因为那天是上课的日子。而据我所知，此人一向对祈福、求佛一类事情深恶痛绝，所以那天，他并没有做'忌'里面的事情。"

"那你的意思是？"

"这个提醒，是一个预知性的。"

"预知性的？"

"苏清，也就是第一个受害者，他死的时候，是没有任何提醒的。"我看着皇历表说，"他死去那天的皇历，是在提醒第二个受害者不该做什么；而第二个受害者受害那天的皇历，是在提醒第三个受害者不该做什么。"

我指着皇历表说："你看，苏清死去那天，忌栽种，所以冯娜在他坟前栽种花树时受害。冯娜第一次受害那天，忌治病，所以冯娜第二次受害前，不应该去治嗓子。冯娜第二次受害那天，皇历上写着忌沐浴，如果白羽没有沐浴，他的死期不会来得那么快。而白羽死的那天虽然也有忌沐浴，可是还有一忌，就是交易，刘铭易是在给了车票钱之后死的，那就犯了交易这一忌。而刘铭易死的当天，你自己看看。"

颜琼看着皇历表："忌祈福？"

我点点头："所以我说，我的确看到那个人想杀你，而且，他现在要杀的目标就是你，就像冯娜一样，一次杀不了，也要杀第二次。"

"可是我为什么没死？"颜琼疑惑地看着我。

"我也想不通。"

"那冯娜呢？"颜琼说，"冯娜也没死。"

我皱着眉头:“这里面还有奥秘,但可以确定一点,他现在要杀的人是你,你再也不能和我见面了!”

颜琼说:“有没有那么玄啊?”

我拿出皇历,找到今天的日期,指着皇历上的字,颜琼一看,吓呆了。

皇历上表明:

初二,晴。

诸事不宜。

我说:“诸事不宜,也就是说,只要他想杀你,随时都可以杀你。除了一点,就是你离我远点儿!”

7

初三,晴。

诸事不宜。

那天夜里,我坐在公园的长凳上看着公园里来来往往的人群,感到一阵彻骨的寒冷。我看着自己手心里的汗,忽然想起苏清和白羽生前的笑容,扭过头又去看身后的池水,看到自己的面容,看到自己的双眼,不禁一阵胸闷。

我摸出口袋里的手机,拨通电话,很快,另一端传来了颜琼的声音。

“你还好吧?”我问。

“怎么突然这么问?”颜琼说,“你手术做好了?”

“不,我要转学了,去另外一个地方读书,手术改天再做,”我笑着说,“看来咱们缘分已尽啊!”

“什么缘分已尽,你是不是出什么事了?”她在电话那头的声音变得急促起来。

“你……”我停了一下，调整了腔调，“你给我唱首歌行吗？”

“电话里？”

“对。”

“你疯了？”

“没，就想听听，”我说，“过两天就走，我怕以后没机会了。”

“你到底怎么了？”

“你唱吧，我求你了！”

颜琼顿了一阵，声音忽然柔弱下去，小声说：“周渺然，你这个混蛋！”

“我是混蛋，可是我混得光明正大，你唱吧！”

“你想听什么？”她声音越来越小。

“唱《邮差》，王菲的《邮差》。”

颜琼用不灵光的粤语在电话那头细声细气地唱起来，唱到那句“你是千堆雪/我是长街/怕日出一到/彼此瓦解”的时候，她忽然哭了。

对于那天夜里的道别，我脑海中一直有着清晰的印象。直到临走前，我都没告诉颜琼，我得了一种极其诡异甚至可以说违背科学的怪病，医生名曰“肌下血液循环不当所致的凝固性近视”。

这个病可以解释为：我的近视无法通过手术治疗，而且度数将永远不变直至死亡。就算我和别人换了眼睛，近视也一样会增长到这个度数，然后永远不变。如果要改变这个度数，很简单，那就是让我变成瞎子。

我不可能告诉我爸妈，我要生存下去并且不伤害别人，就必须以一个瞎子的身份活着。但是我若不成为瞎子，就将杀掉颜琼和其他人。

因为我的出生日期和我的怪病，注定我一生都要充当一个杀手的角色。

我离开了原先的学校，开始投入新的生活。

很快，颜琼的替死者出现了，他是一个邻居的孩子，我看到那个人杀死了他，将他溺死在了水中。

一个月中，连续三个人死在了我的面前，每次被杀，都有一个预知性的提醒，我几乎每天都在告诉身边的人，出门不要忘记看皇历，否则将遭受噩运，可是他们都以为我在说笑。

这种连续的间接杀人几乎让我陷入了疯狂，我无法说服自己把自己弄成一个瞎子，就不得不每天眼睁睁地看着身边的人一个接一个地惨死。

最初，我以为我是一个冷漠至极的人，但当我看到越来越多的生命在我面前消逝时，我才意识到原来内心的黑洞如此巨大。我每天都身处愧疚之中，妄想找到最好的办法来解决这一切，却总是陷入更大的悲伤中。

我曾无数次对着镜子，向镜子里的自己发出挑衅，之后我看见的，是站在我身后的一个个亡灵。

要么死，要么瞎，我在二者之间徘徊，却不敢选择其一。

我不得不为自己的卑微胆怯而感到可耻。

初三，晴。

诸事不宜。

这是对我母亲之死的预知性提醒。

我一直忽略，那个人是会对我的亲人下手的。

当天，我和母亲在商业街闲逛，母亲刚走进一家服装店，我便看见了他。一开始，我以为他是要对店里的某位顾客下手，当他走到我母亲的身边，我才察觉到，他这次的目标是我的母亲。

我的身体再次无法动弹，站在店门前一动不动，眼睁睁地看着他向我母亲走去。

就在他的手搭在我母亲肩膀上的一刻，一阵震耳欲聋的响声从街边传来。那是从音像店里传出来的，声音响彻了整条街道。

令人意外的是，那居然是一阵鞭炮声。

我的身体就是在听到这个声音后恢复行动的，那个人也在这时消失了。

接下来，我便听到了一个熟悉的声音。

“周渺然，我来得还算及时吧？”

我扭头一看，果然是颜琼。

“我看你站在店前一动不动，就知道一定又有人要死了。所以跑到音像店播放了我 MP3 里的鞭炮声录音。”

我看着颜琼，她说：“关于杀人凶手的身份，我已经查到了；关于如何化解危险，我也查到了。”

颜琼来到我家，从书包里拿出了大量资料。她翻出一本书，打开书中的一页，页面上有张图片，图中的男人正是我看到的那个人。

我惊讶地看着颜琼：“你怎么查到这个的？”

“因为你不是第一个人。”

“什么意思？”

“在历史上，和你一样吸引出这个动物的人还有好几个。我根据你的情况查看了大量资料，最后确定你和那些人一样，就是吸引出了这个动物。”

“动物?”我说,“你说他是动物?”

“是。它叫‘炙魇’,是古代的一种怪兽,专门以杀人为乐。是你把它从古代的时间点上吸引到你周围的空间中的。我国皇历的设计,和它很有关系,这就是为什么它杀人时,我们看到皇历就可以获得预知性提醒,皇历是古人设计出来保护自己的。现在你知道了吧,你所吸引出来的东西比杀人狂还可怕。幸好这种情形不是第一例,我根据你的出生日期和近视度数查找了大量灵异性的资料,终于找到了这个怪兽的信息。”

我看着那幅图:“你可真厉害!”

“你知道这只怪兽怕什么吗?”

我摇摇头。

“说来你都不信。”说着,颜琼将书翻到下一页,又是一幅怪兽的图。她问:“你知道这是什么吗?”

“你别绕圈子了!”

“这是‘年’。”

“年? 什么年?”

“‘年’你都不知道,过年的那个‘年’啊! ‘年’也就是传说中的怪兽,就是我们小时候听过的故事。每到春节,‘年’就会出来杀人,专门祸害人类。”

“真有啊?”

“我一开始也不相信,可是没办法,书上说的就是这样。”

“尽信书不如无书。”我说。

“别废话! 我告诉你,这个‘炙魇’,是‘年’的近亲。”颜琼又翻到“炙魇”那一页,“所以‘炙魇’和‘年’一样,怕红色,怕鞭炮声。”

我恍然大悟："我想起来了，冯娜栽种花树时，山上有一阵鞭炮声；你祈福那天，我也听到了噼噼啪啪的声音。"

"那是我在点祈福炮，"颜琼说，"我们过春节贴春联、放鞭炮，还有挂红灯，都是为了防止'年'和'炙魇'这样的怪兽出来害人。"

"难怪刚才你用音像店的音响放鞭炮声。"我说。

颜琼笑了笑："我的收获不止如此，你得的那个怪病我也略有所知，我找到那个可以让你不瞎又可以不害人的方法了！"

"什么方法？"

"穿红色衣服！你的身上，至少要有一处显眼的红色，只有这样，才能让'炙魇'无法杀人。"

我看着书本上的图片，说："原来我所吸引的，竟是一只凶猛的怪兽！"

8

那周周末，我和颜琼坐车来到埋葬了苏清、冯娜，还有白羽的地方，为三个死者一一送上了白花。站在白羽的坟前时，我的泪止不住地奔涌而出，我再也抑制不住悲伤，号啕大哭起来。颜琼轻轻地拍着我的背，说："你不要太自责了。"

我摇摇头："白羽是我最好的朋友，如果不是因为我，他也不会死。"

颜琼将手中的白花捧到白羽的坟墓前，墓碑上少年的容颜在阳光下显得一尘不染。我闭上双眼，脑海中又闪过"炙魇"猛兽的样子，虽然现在的我已经看不见它，但是它仍旧存在，留下的恐惧也将驻足在我的记忆之中。

回去的路上，我和颜琼坐在车上，颜琼看着我染红的头发，说："你还真聪明，可以想到把头发染红。”

“主要是怕洗澡的时候我身边出现受害者，那样被警察抓到了，我说都说不清。”

“说着说着又没正经了。”颜琼白了我一眼。

我微微一笑：“我说的都是真的！”

颜琼看着我，问：“周渺然，假如我没有找到解救你的方法，你会怎么办？”

我低下头，不敢回答颜琼的问题。

我想这是我无法回答的。

“你会自杀吗？”她追问。

“换做你……”我看着她，“你会如何呢？”

问完，我将目光转往窗外，明媚的阳光从空中散射下来，打在密集的人潮中，那一瞬间，我盯着来来往往的车辆和人群，陡然感到一阵惶恐。

在我们周围，究竟还有多少人携带着和我一样的凶猛动物呢？

复活的死者

鲁　奇

一、我可以和你换命吗？

卢舒望着男友吴放浸在暮色中的背影，想喊住他，却不想破坏他的好心情。黄昏的海滩，风很大，卢舒的身体被风吹得瑟瑟发抖，只好甩开脚丫奔跑起来，吴放看她跑起来，也跟了上来。此时，海滩上已经空无一人，隐约可以望见海水中几个黑点在游动，那是热爱游泳的人。海滩上没有船只，显得空旷而安详，这使卢舒隐隐感到不安。

吴放一直跟在她的身边，可是她跑着跑着却觉得身后还有人。这时，卢舒感到一种前所未有的压力，她突然转过身，看到就在吴放的身后果然有人。那个人低着头，看不清脸，头发很长，穿着黑色的上衣，白色的裤子，没有穿鞋。他紧贴在吴放的身后，像影子一样令他丝毫没有察觉。

卢舒停住脚步，惊恐地望着男友，吴放也停住了，那个低着头的人也停住了。

吴放问："你怎么了？"

"你背后有个人。"卢舒指着吴放的身后说。他慌忙地转过身，正好和那个低头的人面对面。

卢舒向后退了一步，看着吴放，她感觉事情有点儿不对头。这时，吴放突然缓缓地转过身，他的胸前突然插了一把刀子，鲜血正从深深的刀刃里喷涌而出，他张开嘴，对卢舒说："我可以和你换命吗？"

吴放的身后闪出了那个黑衣长发的人，黑衣人胸前有一片暗黑色，他伸出细长的手去抚摸那黑色的血迹，慢慢地抬起头……

卢舒没有仔细看那个人的脸，她只知道自己要跑，要跑！否则，面对自己的一定是死亡。

她跑啊，跑啊！她的步子轻盈，几乎一点儿声音都没有。后来，她就什么都不知道了。

卢舒醒来时发现自己躺在一条渔船里，船仓内堆着几筐鱼虾，空气中散发着浓浓的腥味。远方传来汽笛的声音，海面潮湿的气息扑面而来，一个五十多岁的老人从甲板上走了下来，说："醒过来就好。"

那个老人穿着浅灰色衬衫，蓝色长裤，身材很瘦，眼窝深陷，目光亲切而温暖。

卢舒说："是你救了我？"

老人点点头，坐在鱼筐上面，微笑着点起一根烟，向卢舒讲起了发现她的经过：老人在海上打鱼时发现海面上漂着一个橘红色的救生圈，由于很远看不清楚，等老人的船靠近时才发现救生圈里的卢舒，当时，她已经昏了过去。

卢舒觉得有点儿难以置信，自己原本是被一个长手臂的人追杀，在海滩上奔跑，怎么会出现在海里呢？既然出现在海里，十有八九也会被淹死，怎么会被套上了一个救生圈？老人看出她的怀疑，便拿出救生圈给卢舒看，她这才有点儿意识，昏迷中似乎感觉像漂在水中，而且她的手臂也很痛，难道是真的？

老人把卢舒送到了岸上，又给了她一些钱，才离去。

这时，卢舒才想起，这附近一直以来是没有渔船的，况且这段时间又是禁渔期，那船会是哪里的呢？

正想着，她看到海滩深处的岩石下聚集了很多人，他们被警察隔在了外面，沙滩上盖着一块白布。她问警察怎么回事，警察说一个年轻人被害了，是男性，胸口插着一把刀子。

卢舒预感到那个人就是吴放，她发疯似的向里面冲，哭喊着，却被警察死死地拉住了。

一个二十多岁的警察问她："死者是你什么人？"

卢舒哽咽着说："我想也许是我的男友。"

警察挥了一下手，拦卢舒的人闪到一旁。在她走近那块白布时，听到有人叫那个警察余桐。

二、换命重生

卢舒终于看清了那个人的真面目，他呈大字形脸朝下躺着，可以看到一半清晰的侧脸，他的手深深地抓着沙子，想必死的时候定是痛苦万分。

她看完后，沮丧地走开了，悬着的心也落了下来，因为那个人不是吴放。这样说来，吴放也许还没有死，只要没有看到吴放的尸体，她就坚信他还活着。

她走出人群时，余桐跟了出来："你的男友是怎么死的？可以告诉我吗？"

"可以，我最后看到他时，他的胸前插着一把刀子。"她的眼泪顺着脸颊流了下来。

"那个人胸前也插了一把刀子。"余桐说着，再次把她拉到了那个死者身旁，将死者身体翻过来，果然，在胸口插着一把刀子。

这时，一个警察走到了余桐旁边，递给他一张皱巴巴的纸，说："这是死者身上的东西。"

余桐打开纸，看到上面密密麻麻地写着一大堆难看的字，字迹模糊，但标题两个字还清晰可见——换命重生。

余桐的眼睛近视，看不大清楚，卢舒便抢过纸条慢慢地读起来，纸条上大意是：海水中有无数冤魂被禁锢，无法超生，只有杀死海滩上的游客，以命抵命，冤魂才会重获新生。

余桐仔细地听着，双眼迷离地望着海面，嘴角掠过一丝转瞬即逝的笑。

卢舒放下纸条说："这东西纯属无稽之谈，是一些无聊的人编出来吓小孩子的，谁会信呢？"

"当然不会信，但这东西对我们也许会有用。说说你自己的事吧！"余桐上了汽车，卢舒也跟了上来，坐在后面。

卢舒仔细地讲了一下事情的经过，余桐自始至终一言不发，表情严肃而凝重。

卢舒说完，余桐才谈了自己的看法。从卢舒的叙述来看，事情有很多疑点：1. 卢舒只看到了胸口插着刀子的男友，并不能确认他是否真的已经死亡。2. 卢舒看到的男友只是低着头的，她并没有看清男友的脸，转过脸对卢舒说“我和你换命可以吗”的人，会不会不是卢舒的男友，而是另有其人呢？3. 卢舒为什么没有被那个长发瘦削的人捉住？按常理来看，当时惊恐的她，根本不可能跑得很快，又怎能逃脱呢？4. 卢舒怎么可能会躺在渔船上？这里是日光浴场，从来没有渔船在这里活动过，船上老人的话可信度又有多少呢？5. 卢舒本来是被追杀，为什么会被套上救生圈扔到海里呢？在卢舒昏迷的过程中，到底又发生了什么？

“如今，应该尽快找到你男友的尸体，还要找到那个渔船老人。”余桐说。

卢舒有点儿紧张：“如果男友真的死了，会和那个渔船老人有关吗？”

“这还不能确定，把你的电话留给我，有情况会及时通知你的。”余桐将写有“换命重生”的纸条塞进了包里。卢舒说出了自己的电话和电子信箱地址，余桐认真地记了下来，记完后递给卢舒一张名片。

之后，余桐开车把卢舒送到了家里。半路上下起了大雨，卢舒感觉余桐开车的样子很像自己的男友，心情随之黯然起来，一路上两个人没说一句话。

卢舒家离海滩不远，很快就到了，余桐把她送上楼便走了，卢舒还没有来得及说声谢谢。

三、恐怖的遭遇

刚进门，卢舒便被母亲拉进了屋子，心急火燎地问：“这几天你去哪儿了？还有一个月你就要结婚了！”

卢舒看着母亲的样子，倍感伤心，忍不住哭了出来：“吴放死了！”

“说什么傻话！吴放好端端的，怎么会死？早晨他还给我打电话了。”

“早晨给你打过电话？”卢舒说。

“是啊，就在今天早晨，不过，他讲话有点儿怪。”母亲好像看过了什么恐怖的东西似的，双眼瞪得圆圆的。

“他都说了什么？”

“他说胸口痛，想见你，而且声音沙哑。”母亲讲话的时候声音颤颤的。突然，她倒吸了一口凉气，想起了什么似的，说：“他还问我，知道换命重生的传闻吗？又问你爸去世多少年了，我告诉他十年，然后电话就断了。”

卢舒发现问题有点儿严重了，就向母亲讲了事情的经过。她听完后没有说话，卢舒知道母亲始终都是一个处变不惊，沉着冷静的女人。

卢舒试图再次提起吴放打电话的事，却被母亲的话打断了，她说：“昨天晚上睡梦中听到你爸爸在喊我，好像就在客厅里，他要我陪他去海滩游泳，分不清是梦还是现实。”

“只是梦，妈妈。”卢舒抱着妈妈，不知道说些什么，她只想告诉母亲那只是梦，父亲早在十年前就在沉船事件中丧生了。那时，卢舒只有十三岁，她记得当时自己哭了很久。之后，她和妈妈一起随海上搜索队去找父亲，可找了三天都没有找到他的尸体，父亲就这样在卢舒的记忆里消失了十年。

晚上，卢舒辗转反侧，怎么都睡不着，只好打开电脑上网。

她的电子信箱里有数十封无主题邮件，打开后，卢舒吓得差点儿叫出声来——邮件的内容居然和余桐手里那张纸条的内容一模一样，“换命重生”四个字最为醒目，令人毛骨悚然。

卢舒握着鼠标的手有些颤抖，她试图点击关闭窗口，却没有成功。恍惚中，一个人的影子从她的脑海中掠过，是那个救她的渔夫。为什么会想起他呢？难道他和这个案子有关？

四天后的一个深夜，电话响了起来，打来的人是余桐："卢舒，你马上来我这里一趟，有目击证人称看到过你的男友。"

"好的。"卢舒匆匆穿上衣服，冲出了家门。

已是深夜，出租车很少，卢舒有点儿失望，便步行往前走。没走几步，有辆车跟了上来，停在了她旁边。车门被打开，卢舒看了一下，发现不是出租车就有点儿犹豫。于是，司机走了下来，正式邀请她。

那个司机四十多岁，身材和救她的渔夫很像。蓦地，卢舒感到一种亲切而温暖的感觉，不由自主地走进了车子。

路上，司机说了一句话："要小心，最近发生了几件离奇的凶杀案。"

卢舒问他怎么知道，司机不回答她，依然开车，不再讲话。

卢舒心里忐忑不安，不知道这个人是好人还是坏人。她的目光始终没有离开那个人的脸，特别是注视着脸颊和耳朵。这样看着，她越来越感觉有点儿不对头。

正猜想着，她看到那个人耳朵旁边有个东西裂开了，随着那人的脸部动作，可以清晰看出脸颊的褶皱，而且越来越大。卢舒终于看清了，那像是人的皮肤，正一点点裂开。这个人的脸上怎么会贴了一层这种东西？

卢舒的汗珠滚落了下来，那个人看了她一眼，伸出右手在脸颊上拍了拍，很随意，似乎并不想隐瞒什么，这更令卢舒觉得恐怖。

她慌张地说："我要下车！"

车停了下来，那人说："你很讨厌我吧？"

卢舒摇了摇头,盯着那个人。那人转过身,背对着卢舒,不一会儿,他突然转过脸,这次呈现在她面前的是一张老人的脸。

卢舒吓得拼命拉车门,却一点儿都没能打开。那人笑了笑,阴森地说:“你怎么连我都不认识了?”

接着,又换了一张脸,这张脸更加衰老,而且还有一只眼睛瞎了。

卢舒拼命地叫着,门终于拉开了,她夺门而出,像在海滩上一样奔跑着。没跑多久,前方出现了几个人,穿着警服,她一眼便认出了最前面的人是余桐。

余桐吃惊地望着她,问她怎么才来,她说:“我遇到了一个人不人鬼不鬼的东西。”

“在哪里?”余桐说。

卢舒转过身,发现身后什么都没有,那条街上没有任何车辆。刚才那辆车去哪了呢?

余桐说:“你看错了吧?我一直在这里等你,根本就没看到什么车。”

卢舒傻傻地站在那里,回忆起刚才的一幕,仍心有余悸。

四、目击凶杀

余桐带卢舒回到了公安局接待室,倒了杯水给她,叫她先坐下来,目击证人一会儿就到。

目击证人是个十七八岁的女孩,长头发,小眼睛,戴着眼镜,个子不高。她一坐下来,便开始目不转睛地盯着卢舒看。

卢舒问她:“你在看什么?”

女孩干笑了一下,说:“没看什么,只是奇怪你为什么还会活到现在？”

“什么意思？”

“那天他足可以杀了你，但他却没有。”女孩惊恐地望了望四周，讲出了那天的一切。

卢舒和吴放去海滩的那天，女孩恰巧也在那里。她比较调皮，喜欢捉弄男朋友，所以，就想方设法让男友找不到她。她把自己的身体埋进了沙子里，只留头在外面，她躺的地方离海滩有一段距离，所以卢舒没有看到她。

当时，海滩上的人很少，女孩特别留心卢舒和她男朋友，女孩以为不会有什么事，就把目光投向大海中，她先看到一个黑点正一点点地靠近海滩，近一些的时候，她看到那个小黑点是一个人的人头，那人的整个身体都埋在水里，黑糊糊的看不清脸。

后来，那个家伙就从大海里走了出来，他弓着身子，迈步艰难。他逼近卢舒他们，亮出了刀子——由于太远了，往下的细节看得不是很清楚，只看着吴放转过身时，那人的手在他身上晃了一下。接着，卢舒跑出了女孩的视线，女孩看到卢舒的男友倒了下来。那个人开始举起刀子狠狠地往他身上刺，一下又一下，刺完后，那个人也消失在了女孩的视线里。女孩又等了一会儿，觉得四周没动静，才慢慢地向海滩靠近，可是海滩上却什么也没有，连血迹都找不到。

再往前走了一会儿，她看到在岩石下面躺着一个人，那个人的背影看起来很熟。当女孩走到那人面前，看到了那具呈大字形的尸体，当时，她就晕了过去……

女孩说到这里，眼泪掉了下来。她悲痛的神情将卢舒震慑了，卢舒有点儿不懂，她在哭什么？

卢舒问她:“你在哭什么?”

女孩哭得更凶了,她对卢舒说:“那个人是我的男友,是我等待的那个人,就是你在海滩上看到的那具尸体!”

女孩告诉卢舒,男朋友死后,她才得知他生前买了一份保险,受益人就是她,她可以得到一笔数额不小的保金。

卢舒眼睛一亮,说:“你看到那个躺在海滩上被刺的人不是我的男友?”

女孩点点头。

余桐走了进来,女孩看到他急忙擦干眼泪,说:“对不起,耽误你们的时间了,下面我就讲一下看到你男朋友的事。”

“男友死后,我一直沉浸在悲痛中无法自拔。为了排解苦闷的情绪,我经常去海滩,沿着海滩走,或者把自己深深地埋进沙子里,但这都无法驱除良心的自责。如果当时我从沙子里跳出来,也许男朋友就不会死。一天晚上,我喝了很多酒,回家的路上就碰到了他。”

“你是说我的男朋友?”卢舒说。

“是的,当时虽然是夜晚,但借着路灯,我还可以认出他来。他问我为什么喝这么多酒,我说我男朋友被人杀了,在海滩上。他安慰了我几句,他说,生命的终结是任何人都无法阻挡的,在死亡面前我们无能为力。我问他是做什么的?他说自己是一名杀手。说着,掏出了一把刀子给我看,那刀子闪着寒光。他递给我一张传单,上面写着‘换命重生’,像什么组织的口号一样……”

女孩知道的情况大致只有这些。

送走女孩,余桐返回接待室,对卢舒说:“有件事我一直感到不解。”

卢舒双手拢着杯子,喝了一口茶,说:“请讲。”

"据我所知,你的母亲收入微薄。但在你父亲死后,家里的状况不仅没有下降,反而有所提高,日子过得殷实富足,这是为什么呢?"余桐语气缓慢,小心翼翼地,毕竟这属于私人生活范畴。

卢舒听到余桐这番话后,低下了头。母亲曾叮嘱过她,永远不要说出家中的秘密,否则必将大祸临头……她犹豫了,不敢抬头,怕遇到余桐那真诚而又穷追不舍的目光。

余桐站起身,在屋子里来回走动着,神情焦灼而烦躁:"我认为你父亲的死和你男友的失踪也许会和你的家世有关,我是真正想帮你的,希望你能够合作。"

卢舒思忖片刻,终于说出了那个困扰她十年的秘密。

父亲死后的第二个月,卢舒的母亲收到了一份汇款,数额相当于一个月的生活费。从此以后,母亲每个月都会收到同样数额的汇款,汇款人的姓名经常改变,汇款的地点也不一。母亲对此没有深究,她说这个汇钱的人也许是父亲生前的好友,他生前交友甚广,而且曾经资助过很多大学生,也许是回报。由于害怕被别人知道此事,母亲决定隐瞒下去,大部分寄来的钱也被母亲积攒起来,以备不时之需。后来,母亲又找了几份夜班的工作,生活逐渐好了起来。

卢舒说到这里,接待室的门开了,一个身材瘦削的警察走了进来,小声对余桐说了些什么就出去了。

余桐对卢舒说:"又有一个人被刺杀了,伤势很重,却不致命,现在正躺在医院里。我想案子有头绪了。"

五、寿衣店老板

卢舒回到家时,发现对街新开了一家寿衣制花店,就是给死人做衣服、制花圈的地方。她看着那家店面觉得极不舒服，怎么一夜之间，竟冒出来了这么一家店？

那黑白相间的牌匾，感觉阴森森的。

寿衣店门口坐着一个牵狗的老头，他低头看着狗，那条狗是黑色的，正奋力地想挣脱绳索去找什么东西，“汪汪”叫着抱怨个不停。

那个老人看到卢舒走了过来，把牵狗的绳索往手里拉了拉，抬起了头，他的脸红一块白一块的，右脸的地方有块白癜风，形状像美国地图。

卢舒感觉到有股非常熟悉的气息萦绕在四周，这个老人的身形怎么会这么熟悉？那种前所未有的亲密感再次袭来，她突然想起海上救她的渔夫，还有那个恐怖的司机。除此之外，还非常像一个人，到底是谁？她想不起来。这个人似乎正躲在她心灵深处，不肯露头，怕一露头就会被卢舒揪出来。

她走到家门口时，不由得回头望了一下寿衣店，发现坐在那里的老人不见了，狗也没有了，寿衣店的大门紧闭。

回到家，母亲递给卢舒一张汇款单，又是那个每月定期的汇款。这次汇款人地址竟然是本地的邮局，而且这个邮局距离卢舒家不到三百米。

这个汇款人难道是寿衣店老板？

卢舒把这个想法告诉了余桐。第二天，便将汇款单交到了余桐手中，当时，余桐刚从医院回来，风尘仆仆，容光焕发。

卢舒说：“又有了新的发现？”

“当然，那个被刺的青年醒过来了，并且告诉了我那个杀他的人的长相。”

“是谁？”

“是你的男朋友。”

“他为什么要杀人?”卢舒说。

“这正是我要告诉你的,他不是主动杀人,而是有人雇他杀人,而雇主就是被杀的对象。”

卢舒瞪大了眼睛:“自己求人杀自己?”

“是这样的,被刺的青年家在外地。一年前,他购买了一份巨额保险。最近,他发现自己得了白血病,他是个怯懦的人,既不想忍受疾病带给他的痛苦,又不想为治病花掉太多的金钱。他对生活失去了信心,认为将不久于人世,便雇人杀掉他,既可死个痛快,又能把巨额保金留给女友。”

“心理变态!”卢舒听后非常气愤。

“不是心理变态,只是一个人的极端做法而已,有点儿可悲。”

“下一步你要做什么?”

“去找到杀死海滩青年的那个凶手,线索已经有了。”余桐对卢舒晃着那张汇款单,信心十足,“先去看看这家邮局。”

卢舒跟随余桐去了那个离家很近的邮局,邮局的工作人员看到那张汇款单马上想起了汇款人,工作人员对那个人的印象特别深,因为这么近的距离汇款实属罕见。他记得那个汇款人是个老人,长得白白净净的,戴着眼镜,像个退休老干部。

“他的脸上没有白癜风吗?”卢舒追问。

工作人员摇了摇头,说他能肯定,那个人没有白癜风。

卢舒有点儿摸不到头绪:“可是,我还是怀疑那个寿衣店老板,感觉渔夫、司机和他应该是一个人。”

“我也有这种感觉。不过如果真的是一个人所为,那就太离奇了,还是亲自去见识一下吧。”余桐说。

六、楼梯上有人

余桐和卢舒来到寿衣店时，发现店门关着，里面空无一人。

夜里，卢舒的母亲再次从噩梦中惊醒，她盯着那粉红色的窗帘说：“你的父亲回来了。”

“他在哪儿？”卢舒发现母亲哭了。

“我也不知道，我只是感觉，这几天总会梦到他。”

“这只是梦，父亲很久以前就已经死了，你不要总是这个样子好吗？身体要紧！”卢舒感觉母亲明显消瘦了，她已是满头银发，她真的老了。

不知过了多久，母亲睡着了，发出了轻轻的鼾声。

卢舒却无法入眠，她还在想着楼下的那家寿衣店，这时，已是凌晨两点。

她走到窗前，看到天边挂着一轮残月，楼下黑漆漆、静悄悄的。

她走进厨房，冲了一杯咖啡，坐在明亮的灯光里喝了起来。刚喝了几口，突然听到了脚步声，好像是从楼梯里传来的。

脚步声由远及近，最后，那声音变得超乎寻常地清晰，似乎最后就停在了卢舒家的门口。

她的心怦怦地跳着，一动不动；她静静地听着，连口中的咖啡都忘了咽下去。她有点儿错觉：即使是像咽东西那么一丁点声音也会将那个人吓跑的。

于是，她抬起脚，慢慢地走向玄关，她把耳朵贴在了门上，仔细听着外面的声音。

楼梯里很静，察觉不出有什么东西来。

她轻轻地打开里面的门，把眼睛凑到了猫眼上。

楼梯里黑糊糊的，什么都看不到，她慢慢地将手伸到了开门处，猛地按下了开关。

楼梯里的灯亮了，就在灯亮的一刹那，她看到有一个黑影在楼梯里闪了一下，然后，她听到了一阵杂乱无章的脚步声。

她开门就追了出去。追出小区，那个人已经无影无踪了。

卢舒穿着拖鞋，慢慢走出小区，在街道上，她一眼便看到了亮灯的寿衣店。

寿衣店的门口摆着一只鲜艳的花圈，店里一个模糊的身影正在紧张地忙碌着。

她感觉奇怪，寿衣店白天是关门的，怎么晚上又开张了呢？刚才楼梯里的那个人会是寿衣店老板吗？

她走进了寿衣店，看到那个白癜风老人正在扎花，屋子里摆满了各种彩纸和制作到一半的花圈。

“你家死人了？”老人埋头说。

“没有。”卢舒说。

“那你来这里做什么？”老人似乎很不欢迎她。

“想知道你为什么白天不营业。”

“白天没有心情工作，我喜欢在夜里为死人做礼品。”

“哦，你刚才看到一个人从小区里出来吗？”卢舒说。

“没有。”

老人很不友善，说话时从未抬头，卢舒只好独自走开了。

没走几步，卢舒感觉有点儿不对头，她转过身，再次看了一眼老人的脸，不禁令她大吃一惊，老人脸上的白癜风怎么不见了？

她转过身，抬起头，看到楼上的窗户亮了，她的母亲正站在窗口望着她。

母亲那平静的表情令她很意外，她不是睡着了吗？怎么又突然站起来了呢？

她有种感觉，母亲一直隐瞒着什么秘密，这个秘密是母亲辗转反侧、日益消瘦的主要原因。

次日，卢舒又听到了楼梯上的声音，这次她没有出门，而是站在窗口盯着寿衣店的门口。

不一会儿，那个老人从小区里走了出来，回到了寿衣店，又开始在午夜做起花圈来了。

事情已经很明朗了，那个老人就是楼梯里的人。可是，他为什么总徘徊在自己家门前呢？

几天后，又有人被杀害了，死者的身边又出现了写有“换命重生”的字条。

“换命重生”这四个字被人们广为流传。

卢舒去公安局找了几次余桐，可他都不在，警察说他去渔村了。

他去渔村干什么？

她第三天去的时候，终于找到了余桐，他似乎已经胸有成竹，脸上的阴郁已消失殆尽。

“我认为寿衣店老板非常可疑。”卢舒说。

“我知道。”

“他每天夜里都会藏在我家的楼梯上，不知道他到底要做什么？”

“你的男朋友找到了吗？”余桐说。

“还没有，他一直都没有消息。”

“那好,我们去找他。”

“你知道他在哪里?”卢舒惊讶地望着余桐。

“到时候你就知道了。”

“你要带我去哪儿?”

“去寿衣店!”余桐说。

七、两个人的迷失

来到寿衣店时,卢舒看到店门口已经停满了警车,几名警察正押着一个老人上车,由于老人低着头,卢舒没有看清他的脸。一个警察走到余桐面前报告:“犯罪嫌疑人已经抓捕归案了。”

老人的后面还跟着一个年轻人,那个人不是别人,正是卢舒的男朋友。

卢舒目瞪口呆地看着,对余桐说:“原来你早有准备。”

“是的,我不告诉你的原因,是因为不想让你亲眼看到两位亲人被抓的场面。”

“我可不认识那个老人!”

“你再仔细看看!”余桐把卢舒带到警车旁,对她说。

透过警车的玻璃,卢舒隐约看到那张既熟悉又陌生的脸,她冲上前去试图拉开车门,但被余桐拉住了,“到了今天这个地步,都是他自己造成的,他说不愿意见你。”

警车走后,卢舒看到母亲正站在街对面,泪流满面,她一直站在那里看着自己的丈夫被警察抓走。

“可以告诉我事情的真相吗?”卢舒对余桐说。

“好的。十年前的那次沉船事件,你父亲并没有死,他在海上漂流了一段时间,被一艘货船救起。那是艘走私船,船主是个黑帮老大,势力很大。你父亲上船后被监禁了几天,后来,黑帮老大看他比较老实,便收他做了船员。那是一个庞大的团伙,组织严密,没有人敢违抗老大的命令,组织里的成员都不能见家人,因此,他所赚的钱只能定期寄给你们母女。他想逃脱,却已习惯了那种黑暗的生活,并且成为一名杀手。"

"后来,他回到了这个城市,编造起了"换命重生"的传闻,以迷惑人们、转移警方的视线。"

"那我的男朋友呢?"卢舒说。

"他也是个杀手,他知道自己不会给你带来幸福,又怕你知道真相,伤害你。由于他和你的父亲同在一个组织中,所以只有借助你父亲的力量,让你认为他已经死了,你所看到男朋友胸上插的刀子,只是一种假象。当天,真正被杀害的,是海滩上的那个年轻人,年轻人雇你父亲杀他,因为他想让女友得到一笔保险金,他得了绝症。"

"在海滩你看到的那个瘦削的长臂人就是你父亲,他将奔跑的你打晕,又将你弄到船上,制造出海上被救的场面。接下来,你碰到的司机、寿衣店老板都是一个人——你父亲。"余桐说。

"那我父亲是怎么变化成三个人的样子呢?"

"变脸。一种民间艺人的绝技。被你的父亲偶尔学到后,加以利用,将原来的脸谱变成人像,这样可以随时变成不同的脸,从而将真实的脸掩盖起来。"

"你是怎么找到他的?"

"最初,听到你说被人救起,可这片海域是从来没有渔船的,这就引起了我的怀疑。后来经过调查,终于在一个渔村找到了船主,他所描述的雇船人的体态和你说起的渔夫很像。因此，我推断渔夫杀人的嫌疑最大。你的母亲说听到你父亲在喊她，这倒给了我一个启示——也许你的父亲真的没有死。为了证实这个推断，我走访了你们从前的亲友，了解到你的家庭并未因父亲的死而贫困，反而过得比以前更好，这引起了我的怀疑。特别是在得知有人给你家寄钱后，我更为坚定地认为，那个寄钱来的人，极有可能是你“死去”的父亲。有一次翻阅你父亲的资料时，我发现他曾得过游泳比赛第一名，是个游泳健将，这说明海难中他生还的可能性很大。”

“在听完被害青年女友的叙述后，我得出了三个结论：一是你的男友没有死；二是你的男友是杀手；三是他和你的父亲一样在躲避着什么。细细想来，他和你的父亲息息相关，在海滩上，他没有死，说明凶手要杀的人并不是他。他和凶手可能是合谋，当然也不排除他被杀死后被抛入海中的事实，但是，女孩的叙述推翻了这个想法。”

“接下来，通过在你身旁发生的一些怪异事件，可以看出凶手就在你的身边保护你，能如此关爱、保护你的人，只有你的亲人，比如父亲。没想到，你的父亲竟搬到了你家对面，这只能说是自投罗网。”余桐独自叙述着，卢舒的表情冷漠，有点儿追悔莫及的神情，“有空我带你去看看他。”

卢舒转过身，看着余桐，说：“他现在的脸是什么样子？”

“你记忆里的样子，在监狱里已经没有变脸的必要了。他现在很后悔，整天问别人，‘我可以和你换命吗？’命运是自己的，只有通过自己的努力才能改变命运。有句话说得好，‘上贼船容易，下贼船难’。”

“我有件事求你。”卢舒说。

“说吧！”

“将那个黑帮老大绳之以法!”

“我们正在努力。”余桐说。

卢舒看到父亲的时候,他正坐在椅子上望着地板,他的头发全白了,而且掉了很多,脸上的皱纹纵横交错,神态落魄而悲凉。

卢舒看了心酸,把黑毛玩偶小狗递给狱警,托他转交。记忆中的父亲非常喜欢小狗,并把养的狗取名叫“舒舒”。父亲爱她,她也爱父亲,只是这份爱使父亲背负了十年的苦难,他害怕自己的妻女受到黑帮老大的伤害,只能在犯罪的道路上孤独前行。从此以后,父亲终于可以以真面目示人了,不再是一个变脸杀手。

她想去看看男友,但她没有那么做,不想让他没有面子,只要彼此曾经爱过就足够了。

她走出监狱的时候,天已经黑了。当她走到一栋大楼楼下时,一张纸条飘落到了她的脚边,她捡起纸条,发现上面只写了四个字:“换命重生”。

她转过身,发现在远处的街角站着一个人,她突然想到了那个黑帮老大。

她拼命地奔跑了起来,高跟鞋在马路上发出了“吧嗒吧嗒”的声响,她感觉又回到了那片海滩,汹涌澎湃的潮水似乎正向她的脚面扑来,夜风吹得她瑟瑟发抖。此时此刻,她能做的只有奔跑。她知道,今天不同于海滩那天,因为那天跟在她后面的人是自己的父亲,他不会伤害自己。而今天的这个人就不同了,他会是谁?她会放过自己吗?

她的鞋丢了。

她赤脚奔跑在无人的街上。

她知道,如果想活下去,就要不停地奔跑,像阿甘一样……

黄金咒

风雨如书

林城大学有个传说，学校的图书馆走廊有一个暗格，里面有一张藏宝图。这个传说像一块磁石，深深吸引着学生们的好奇心，尤其是一些虚荣心强、出身贫寒的人。他们希望可以找到那张藏宝图，然后为自己的虚荣心埋单，再也不受同学们的白眼和嘲讽。

但传说毕竟是传说，难免漏洞百出。学校图书馆是解放后盖起来的，是谁把藏宝图放进去的呢？如果真有藏宝图，那么当初盖楼的人早就取走了，为什么还要留在走廊里？对此，一些学生给出了自己的说法，久而久之，竟然形成了一个官方的解释：那张藏宝图本是西南一个城市的学生从族里偷出来的，原本希望用那笔宝藏过上富有的日子，但是却发现那张藏宝图既是一个财富也是一个诅咒。之所以被藏在林城大学的图书馆走廊，是因为只有放在那里才会平安无事。如果谁擅自拿出藏宝图，那么诅咒也会被打开。

为了这个传说，很多人心动过、疑惑过、兴奋过，最后都失望、绝望，甚至厌恶。他们认为所谓的传说，不过是一些好事人拿来消遣那些穷学生的虚荣心。渐渐地，相信这个传说的人越来越少，只有一些新生还对此乐此不疲地追求着、寻找着，希望能发现那张藏宝图。

今天，是大一新生郑浩天在图书馆值班的日子。做完一切工作，他的脑子里想起了那个传说，于是他拿着手电走到了图书馆的走廊里。

图书馆是座年代久远的建筑，走廊阴暗潮湿，墙面有些地方甚至剥落下来，露出里面的红砖。郑浩天轻轻摸索着墙壁上那些破损的地方，走到中间一个地方的时候，他突然停住了，手指接触的地方似乎有些晃动。

他的心一下揪紧了，整个手贴了过去，然后用力往外拖着那块砖。砖块被拖出来了，眼前露出一个空洞的暗格，散发着一丝说不出的气味。

这是一个黑色的油皮布包，里面似乎包裹着什么东西，上面还写着一些奇怪的字符。郑浩天的心剧烈地跳动了起来，莫非这就是传说中的藏宝图？他颤抖着双手，打开了外面的油皮包，然后看到了里面的东西……

1

夜深了，郑浩天还没有回来。

“你们说老四会不会真把那个地图当成藏宝图了？”第一个坐不住的是宿舍老二赵天，他身形瘦小，眼小脸大，说起话来细声细气，宿舍的人又叫他赵二鬼。

“赵二鬼，别乱说了！就算他真去了，现在也该回来了。如果他发现所谓的宝藏不过是一些垃圾，而且这些垃圾上面还写着咱们宿舍的牌号，他绝对能气疯了。”宿舍长老大是个地道的北方人，名如其人——李大壮。

“不如我们去看看吧，别出什么事了！”老三胆子小，说话温文尔雅，长得细皮嫩肉，跟个女人一样。但是，他有一个魁梧的名字——张野。

“是啊，我也觉得有些不对劲。咱们做的那个地图地点就在学校后面的野地里，老四要是到那儿，发现是个骗局，他也早该回来了呀！”赵天站了起来。

“那，看看去吧！”李大壮点了点头，同意了他们的提议。

三个人穿上衣服，一起离开了宿舍向外面走去。

深夜的校园，鬼气森森。这里本来是林城大学的主校区，但是自从新校区开放后，大多数学生都搬离了这里，只剩下几个系的学生留在这里。

李大壮走在最前面，赵天和张野跟在他的身后。

三天前，他们开始这个计划。最初是赵天嘟囔着说郑浩天对学校的传说太过坚信，天天去查校报、找资料，好像那个传说就是真的一样。

“不如我们满足一下他的愿望？”李大壮提出了一个点子。

“什么意思？”张野问道。

“既然老四真的以为有藏宝图，那么我们给他做一个假的，然后标上地点，让他循着地图走到藏宝地，发现里面竟然是一堆垃圾，他会不会以后再也不相信什么藏宝图了呢？”李大壮眼珠子一转，一个鬼点子出来了。

“哈哈，太好了！可是，怎么能让他相信这一切是真的呢？”赵天提出了疑问。

“我知道老四每次在图书馆值班都会去走廊寻找一下，希望能找到暗格。我们就在走廊的墙上做手脚，下面我们来分配任务。”说着李大壮开始和其他人讲解起自己的计划。

其实，计划很简单，就是用一张油皮纸包住一张旧图，看起来跟藏宝图一样。其实，上面所指的地点就是学校操场后面的野地，那里埋了一袋垃圾。

不知不觉，三个人来到了学校后面的野地，这里也是那张假藏宝图的目的地。

果然，那里被挖开了，那袋垃圾也被扔在了地上。看来，郑浩天已经发现了藏宝图和上面的宝藏都是假的。

“老四，你在哪儿？”赵天冲着四周喊了一声。

夜幕空荡荡的，没有任何声音。

“不会回去了吧？”张野说道。

“不可能啊，我们从宿舍出来的，没见到他啊！”李大壮摇了摇头。

“会不会他不相信，又回图书馆了？”赵天想了想说道。

“有可能。这样，我们分头找找，赵天，你和张野去图书馆看看，我回宿舍看一下。”李大壮沉思了几秒说道。

“真是的，老四也不说买个手机，要不然一个电话就能知道他在哪了。”张野嘟囔着。

“废话！他要有钱，还用那么固执地相信藏宝图吗？”李大壮瞪了张野一眼，然后向前走去。

2

夜幕下的图书馆，如同一座孤零零的坟墓，让人有一种莫名的恐惧感。

有人说过，任何东西都不能太老，太老就成精了。以前，赵天和别人讨论过，图书馆之所以有藏宝图之说，是因为这里以前是一座古墓。解放后，政府破除迷信，把古墓拆了，然后盖成了学校。虽然墓地拆了，但是里面的东西并没有整理干净，所以每当有人走进里面，总会觉得阴森森的。

张野缩在赵天的身后，对于李大壮这次的安排他很不满意。张野生性胆小，本来对李大壮的计划就有些意见，现在又要和赵天一起去图书馆，虽然心里很不情愿，但李大壮是宿舍长，在宿舍很多事都得他点头，所以也不好说拒绝。

两个人沿着操场旁边的路很快便来到了图书馆，走到图书馆门口时，两人略微停顿了几秒，然后走了进去。

深夜的图书馆一个人都没有，空荡荡的楼道里偶尔传来一些奇怪的声音。赵天和张野径直来到了图书馆的二楼，就在他们刚准备寻找郑浩天的时候，张野的手机忽然响了起来。

“你们回来吧，老四在宿舍。”电话是李大壮打来的。

“好的。”张野挂掉了电话，脸上露出了一个如释重负的笑容，然后他看着赵天说，“早说嘛，让咱们白跑一趟！”

赵天没有说话，他的目光落在了走廊旁边的墙壁上，那里有一块红色的旧砖，贴在墙壁上显得有些突兀。

“你看那里。”赵天走了过去，然后伸手拉出了那块砖。

“咱们放的地图啊，怎么还在这里？”张野叫了起来。

赵天没有说话，他把地图默默地装到口袋里，然后拉着张野离开了图书馆。

回到宿舍，赵天看见老四已经躺在床上睡着了。

“怎么回事?”张野看着李大壮问。

“我也不清楚,我回来以为他没在呢,刚准备出去找你们,他就从卫生间出来了。”李大壮说道。

“行了,既然没事,咱们也睡觉吧。”赵天看了看他们,走到了自己的床铺边。

张野看其他人都要睡,自己拿起脸盆走向了卫生间。

卫生间里有些脏,本来今天轮到郑浩天打扫,但是他却一直没回宿舍。看着地上乱七八糟的垃圾,张野不禁皱了皱眉头。在那些垃圾里面,有一些灰色的纸,这些纸也不知道是包什么的,扔了一地,并且散发着一股奇怪的味道。

张野拿起牙刷一边刷牙,脑子里一边在回想那是什么味道。突然,他把杯子和牙刷一起放到水池里,低身拿起了那些纸,在那些纸的背面有一些金黄色的东西。

张野的心剧烈地跳了起来,他知道这是什么味道,这种味道他曾经在姐姐的首饰店里闻到过,这是纯金的味道。姐姐说过,黄金最初的味道是比较特别的,经过改良后会好很多。

这些纸是包过黄金的纸,怎么会在这里呢?

猛地,张野想起了李大壮说的话,他回来的时候郑浩天在卫生间。难道郑浩天真的找到了藏宝图,找到了黄金宝藏?

张野感觉自己发现了一个天大的秘密,他愣愣地站在那里,半天没有回过神。

3

月光透进宿舍,几个人各怀心事。

李大壮翻了翻身,偷偷看了看对面的郑浩天,他静静地躺在那里,两只手伸在里面,紧紧握着一个包袱。

那个包袱是一块磁石,吸引着李大壮的目光,挑逗着李大壮的心。

半小时前,李大壮和张野、赵天分手,他一个人回到了宿舍。宿舍的门开着,他的心里顿时明白:郑浩天回来了。但是,宿舍里面却是一片漆黑,只有卫生间里有一些奇怪的亮光,那些亮光是金黄色的。

李大壮慢慢走到了卫生间门口,借着缝隙望了过去。郑浩天正在卫生间里拆东西,虽然他的身体挡住了大部分,但还是被李大壮看清了。郑浩天拆下来的纸里面竟然全部是金灿灿的黄金。

郑浩天找到了黄金！李大壮的心怦怦跳了起来。

传说虚无,但是是有根据的。李大壮的眼前出现了一幕情景,昏暗的图书馆走廊里,郑浩天摸索着旁边的墙壁,突然他的手摸到了一块松动的砖块,拉开一看,里面是一个黑色的木匣,木匣上写满了诡异的字符。郑浩天打开木匣,里面是一张绢纸,上面画着一些地名和线条。根据那些地名和线条,郑浩天来到了学校后面的野地,作为一名建筑系学生,对于那些简单的标志早已烂熟于心,所以根本没费多长时间,他便找到了藏宝地点,然后挖到了一个包裹。

得到包裹的郑浩天匆匆回到了宿舍,宿舍里没有人,于是他便躲到了卫生间,拆开那些包在黄金外面的纸,贪婪地看着那些黄金。

想到这里,李大壮咽了口唾沫。有人说过,“乱世藏黄金”。这个世界上的任何东西都会贬值,只有黄金不会。在这个物价飞涨的时代,一克黄金的价值近 400 元,郑浩天找到的那些黄金,每一块都足有半斤重。

这个时候,郑浩天突然坐了起来,然后慢慢下了床。他的身体有些僵直，走路也有些慢，如同梦游般四处张望了一下，然后走出了宿舍。

李大壮也坐了起来，他稍稍犹豫了一下，然后向郑浩天的床边走去。

郑浩天的床上铺了一层很薄的被褥，除了一个荞麦枕头，再无其他东西。看来，郑浩天已经把那些黄金带走了。

李大壮回过了头，迎面看见一张脸。

啊！竟然是赵天笑嘻嘻的鬼脸。

“你妈的，吓了我一跳！”李大壮推了他一下。

“嘘，你别把张野吵醒了。”赵天伸手放到嘴边轻声说道。

李大壮愣了一下，然后拉着赵天走出了宿舍。

宿舍走廊里，赵天猴子一样凑到李大壮面前：“老大，老四他根本没有拿走我们给他准备的藏宝图，他找到真的宝藏了。”

果然如此，李大壮的脸上露出了一个若有所悟的笑容。

“黄金，他找到黄金了！”赵天又说了一句。

“我知道！赵天，你想不想发财？”李大壮说话了。

“当然想！我上学为的就是找工作，找工作为了什么，还不就是钱吗？”赵天利索地说道。

“好，我有个计划……”李大壮低声说道。

走廊拐角，一个人影蹲在地上，他的耳朵静静地聆听着。李大壮和赵天的谈话清晰地传进他的耳朵里，走廊的光亮照在他的脸上，露出了一张清秀的脸孔。

他是张野。

4

郑浩天来到了人工湖旁边，他在等于潇潇。

青春年少，每个男孩的心里都有一些爱恋。郑浩天也不例外，他喜欢于潇潇。曾经，他以为于潇潇就是公主，他只是拜倒在她石榴裙下的臣民，只有仰望的资格。但是现在不一样了，他终于可以站起来，甚至可以直视她，也许还能得到她。

于潇潇是林城大学的校花，她长得很漂亮，同时也很爱钱。她对男朋友的标准只有一个，只要有钱就可以。

现在，郑浩天有钱了，手里沉甸甸的黄金不仅让他勇气倍长，更能让他浮想联翩。他甚至猜想，当于潇潇看到这些黄金的时候，会不会矮下身子来求他？

风吹着头发，有些冷。

郑浩天的耳边现在还响着于潇潇刚才的声音。

“这么晚了，什么事？”

“我有急事找你，你要不来别后悔！”

一楼的女生宿舍估计很多人都听见这句话了，大半夜郑浩天站在女生宿舍后面喊于潇潇。

现在，郑浩天忽然有些担心，于潇潇会来吗？

很快，郑浩天的担心一扫而光，因为他看见于潇潇的身影正向自己走来。于是，他握紧了那袋黄金，满怀兴奋地看着于潇潇越来越近。

“到底什么事？”于潇潇穿了一件米色的连衣裙，头发披散着，脸上露着迷离的表情。

“我要你做我女朋友。”郑浩天平静地说道。

“发烧啊你？”于潇潇瞪了他一眼。平常，于潇潇对郑浩天的印象很好，所以她才会半夜跑出来。

“我有钱，很多，你做我女朋友吧！”郑浩天说着往前走了一步。

僵直，走路也有些慢，如同梦游般四处张望了一下，然后走出了宿舍。

李大壮也坐了起来，他稍稍犹豫了一下，然后向郑浩天的床边走去。

郑浩天的床上铺了一层很薄的被褥，除了一个荞麦枕头，再无其他东西。看来，郑浩天已经把那些黄金带走了。

李大壮回过了头，迎面看见一张脸。

啊！竟然是赵天笑嘻嘻的鬼脸。

“你妈的，吓了我一跳！”李大壮推了他一下。

“嘘，你别把张野吵醒了。”赵天伸手放到嘴边轻声说道。

李大壮愣了一下，然后拉着赵天走出了宿舍。

宿舍走廊里，赵天猴子一样凑到李大壮面前：“老大，老四他根本没有拿走我们给他准备的藏宝图，他找到真的宝藏了。”

果然如此，李大壮的脸上露出了一个若有所悟的笑容。

“黄金，他找到黄金了！”赵天又说了一句。

“我知道！赵天，你想不想发财？”李大壮说话了。

“当然想！我上学为的就是找工作，找工作为了什么，还不就是钱吗？”赵天利索地说道。

“好，我有个计划……”李大壮低声说道。

走廊拐角，一个人影蹲在地上，他的耳朵静静地聆听着。李大壮和赵天的谈话清晰地传进他的耳朵里，走廊的光亮照在他的脸上，露出了一张清秀的脸孔。

他是张野。

4

郑浩天来到了人工湖旁边，他在等于潇潇。

5

郑浩天走到宿舍楼走廊的时候，突然有人从背后勒住了他的脖子，然后一个袋子套到了他的头上。他感觉有人在他的后脑勺砸了一下，便晕了过去。

赵天和李大壮一前一后，抬着郑浩天悄无声息地走出了宿舍楼，他们穿过操场，来到了学校后面的空野地。

这里是郑浩天发现黄金的地方，可此刻除了一些荒草，再无其他东西。

李大壮把郑浩天绑到旁边的一棵歪脖子树边，然后从口袋里拿了根烟塞到了嘴里。

等待的时间是漫长的，赵天已经把郑浩天身上搜了个遍，并没有发现半块黄金。

几分钟后，郑浩天醒了过来。

“你醒了！”李大壮掐掉了手里的烟。

“你们要做什么？”郑浩天愣了一下，很快知道了自己的处境。

“没什么，兄弟没恶意，只是想分你点儿东西。你明白是什么吧？”李大壮露出了一个不自然的笑容。

“黄金？”郑浩天冷哼一声，“我劝你们还是别要了。”

“为什么不要？都是一个宿舍的，以前我们也没少照顾你，你不能这么自私吧？”赵天破声喊道。

“黄金已经没有了。”郑浩天叹了口气。

“废话，要是有的话我们也不至于绑你到这儿。告诉我们，那个地方在哪儿？”李大壮走到了郑浩天面前。

“老大,你们别去,有些东西是碰不得的!”

“妈的,你可以拿着黄金去泡妞,我们就不能要?你也太不够意思了吧?”赵天气愤地骂道。

“就是啊!兄弟,你不仁,别怪我们不义。还是告诉我们吧,大家有钱一起赚。”李大壮说道。

“好吧,就在前面拐角处,那里有一棵杨树,杨树下面有一个白色的塑料袋,袋子里有一个墨水瓶,那是我做的记号。”郑浩天叹了口气,说出了黄金的位置。

“多谢你了,不过暂时还要委屈你一下,如果我们拿到了黄金,我们一定会放了你的!”说完李大壮便照着郑浩天的太阳穴打了一拳。

郑浩天头一歪,又一次晕了过去。

“怎么办?”赵天看了看李大壮。

李大壮四处看了看,最后目光落到了前面的一个坑里:“先把他扔到那个坑里。如果他没骗咱们,再把他捞出来。”

赵天点点头,扶起郑浩天,两个人一前一后拖着他,把郑浩天扔到了前面的坑里。

郑浩天的身体重重地摔进了坑里,剧烈地撞击让他一下子清醒过来,可惜两只手被绑着,他根本没有办法翻身,只能眼睁睁看着坑上面的夜空。此时的夜空中有几颗星星,闪烁着暗淡的光亮,如同于潇潇的眼睛。

“什么东西?啊!”于潇潇一下推开了郑浩天,与此同时,郑浩天也感觉有什么东西钻进了他的身体里,然后在皮肤里面快速地蠕动着。于潇潇开始在地上打滚,剧烈的疼痛让她无法出声。郑浩天看见一个东西从于潇潇的身上掉了下来,那是一个金黄色的虫子,如同黄金雕塑的模型一样，只不过它是活的，身体在快速地蠕动着，并且以最快的速度爬到了于潇潇身上。

接着，郑浩天眼前一黑，晕了过去。

等他醒过来的时候，于潇潇已经不见了。他站起来回想刚才的事情，最后认为是那些黄金惹的祸，他想起传说里的话，藏宝图中的东西既是财富也是诅咒。

黄金咒。

⑥

张野从后面走了出来，他看着赵天和李大壮走远，然后来到了那个坑前面。

坑里面，郑浩天正睁着眼，两个人的目光对视着。

“你还好吧？”张野问。

“没死。”郑浩天说。

“他们找到黄金后会杀了你。”张野说。

“也许吧，不过我更担心你要杀我。”郑浩天看着张野，现在他的身体几乎遮住了整个坑口。

“我杀你做什么？我和他们一样，只想要黄金。你告诉我，那些黄金你藏哪里了？”张野微笑着问。

“黄金没了，被于潇潇带走了。”郑浩天如实回答。

“是吗？”张野似乎不相信。

“其实那些黄金不是好东西。”郑浩天忽然发起了感慨。

“不仅是黄金，金钱也不是好东西。如果不是这些黄金，你也不会在这里。”张野说道。

“是啊，以前我穷，宿舍里我最穷，但是我过得很充实。唯一的梦想就是可以有钱，可以做于潇潇的男朋友。可是现在，我宁愿回到以前。”说着，郑浩天深深叹了口气。

“有些事情是无法回头的，我不缺钱，我也不想要那些黄金，我想把那些黄金全扔了。我们宿舍里的四个人，关系一直都很好，都是这些黄金，让老大和老二迷失了方向，他们不认人了。”张野的语气有些伤感。

“那些不是黄金，那些是杀人的诅咒。张野，你走吧，别让老大和老二发现你，否则你也会陷进来的。”郑浩天说道。

“是的，我要走了。不过，走之前我要做一件事。”张野说着，伸手扔进来一块石头，石头重重地砸了下来。

郑浩天头一歪，石头砸到了他的肩膀上。

“为什么?”郑浩天忍着痛问。

“因为我恨你，你眼里从来没有我。虽然我一直买东西，让你吃、让你用，为的是希望我们能成为朋友，但是你骨子里看不起我！也许你看不起任何人，尤其是我们这些有钱人。”张野说出了理由。

“是的，我看不起你。”郑浩天点点头。

“不过，现在我看不起你！你不再是那个优等生，你只是一个贪财的俗人。”张野说道。

“我本来就是俗人，我之所以看不起你们，是因为我心里自卑。我不愿意让你们看到我的穷苦。”郑浩天说出了原因。

“好吧，我救你上来。”张野沉思了几秒，跳进了坑里，然后帮郑浩天解开了身上的绳子。

“谢谢。”郑浩天感激地说道。

“走吧，我们一起去找赵天和李大壮，别为了几个钱，伤了友情。大不了，有钱大家一起分。”张野说完转过了头。

“现在已经伤了友情。我肯定要找他们，不过，是一个人去。”说着郑浩天拿起一块石头向张野的头打了过去。

“谢谢你，张野。”郑浩天轻声说道，然后撑着胳膊，爬了出去。

7

杨树找到了，塑料袋找到了，墨水瓶也找到了。

“就是这里！”赵天指了指塑料袋所在的位置。

“他不会骗我们吧？”李大壮蹲下来摸了摸，这里一片平坦，根本没有任何机关。

“他不敢，兴许有什么机关呢！”赵天撇开墨水瓶，四处按了按，然后摸到了一块凸起的石头，用力按了一下。

随着“吱吱，吱吱”的一声响起，杨树后面的空地便出现了一个洞，有阶梯向下延伸。

“找到了！”两人相视了一眼，一起向洞里走去。

这是一个向下延伸的地下空间，越往下面走，空气显得越稀薄。李大壮和赵天拿着手机当做照明的工具，慢慢来到了下面。

阶梯的尽头是一个石门，石门似乎有些年头，上面画满了怪异的字符。

“真是宝藏啊！这个地方让我想起《盗墓笔记》里描写的那些场景。”赵天兴奋地叫了起来。

“别出声！”李大壮也很兴奋，但是他生性冷静，走到门边，推开了门。

这是一间大约二十平方米的房间，里面堆满了各种各样的雕像。

在那些雕像的后面有一个宽大的平台,平台上面全部是闪着金光的黄金,最边上少了几块,显然是郑浩天拿走的那部分。

“哈哈,我们发财了,发财了!”赵天叫了起来,迫不及待地冲了过去。

李大壮也被眼前的黄金惊呆了,嘴巴张得大大的,眼睛里闪着欣喜的光芒。

没有多想,李大壮和赵天便疯狂地把那些黄金装到口袋里。可惜口袋有限,黄金又重,只装了几块便无法再装了。

“老大,我们必须连夜把这些东西撤走,要是让别人发现就坏了!”赵天说道。

“可是,这么多怎么搬啊?”李大壮看着眼前这些黄金,彻底没了主意。

“是啊,不如我们先带几块出去;或者我们找老四商量一下,大家一起合作。”赵天想出了一个主意。

“只能这样,反正这个秘密只有咱们三个人知道。”李大壮点了点头。

两个人装了几块黄金,然后一起离开了密道。

走到走廊中间的时候,李大壮忽然停了下来:“不如这样,我去上面找他,你在这里守着,免得出了什么差错。”

“也行,那你早去早回啊!”赵天想了想说道。

“放心吧。”李大壮没有多说,抬脚往前走去。这个时候,身后的赵天突然拿起一块黄金,用力砸向了李大壮的后脑勺。

“你他妈的,干什么?”李大壮身体一颤,回过了头,愤怒地看着他。

“老大,别怪我,这么多黄金,我怕不是我的。你先在这里等着,等我上去结果了老四,我再来找你。”赵天的眼里露出了一丝诡谲的目光。

“你想独吞?”李大壮感到有些眩晕,他想伸手抓赵天,但又被赵天砸了一下,李大壮顿时晕倒在地上。

“人不为己,天诛地灭。”赵天“嘿嘿”一笑,迈过李大壮的身体,向前走去。刚走了几步,他忽然听见有什么东西在“沙沙”作响。

赵天回过头看了一眼,只见李大壮的身上有什么东西在蠕动,然后李大壮的身体开始剧烈地抖动,最后竟然变成了一具骷髅。

“啊”! 赵天一屁股坐到了地上。口袋里的黄金一下子都掉了出来。那些黄金滚了几下,并没有停下来,反而像是活了一样蠕动着身体,快速地向赵天爬过来……

⑧

看着赵天被那些黄金吞噬,郑浩天的嘴角扬起了一丝莫名的笑容。他走出密道,然后在杨树下面找到那个凸起的石头按了一下,密道的入口顿时关住了。

郑浩天站起来往前走了几步,想了想,又重新回到杨树下面。他拿起一块石头对着那个凸起的石头用力砸了几下,直到前面密道入口处传来一阵石头塌陷的声音,他才停了下来。

一年前,郑浩天的哥哥失踪了。警察和学校找遍了任何可能的地方,都没有找到哥哥的踪影。

只有郑浩天知道,在哥哥失踪前的那个晚上,他给郑浩天打了个电话,说以后他们就有钱了,再也不用过穷苦日子了。

可是,那个电话打完之后,哥哥便失踪了。

由于哥哥的失踪,郑浩天的妈妈患上了精神病,爸爸也是垂头丧气,一个家几乎要毁掉了。

一年后,郑浩天考进了林城大学,然后他听到了林城大学的藏宝图传说,联想起之前哥哥的话,他相信哥哥一定是找到了藏宝图,最后才出了意外。

于是,郑浩天用尽各种办法寻找传说中的藏宝图,终于在图书馆的走廊里发现了藏宝图,并且找到了宝藏。在那个满是黄金的房间里,他找到了哥哥,不过他已经变成了一具骸骨。

伤心的郑浩天拿了几块黄金,然后把哥哥的骸骨背出来埋了。最后带着几块黄金回到了宿舍。

躺在床上,他回想着自己来到这里的每个情景。一直寻找的哥哥真的死了,自己喜欢的女孩却是个只认钱的现实女人。她不是喜欢钱吗?现在自己有钱了,于是他越想越激动,最后干脆起来去找于潇潇。

当于潇潇和自己在人工湖边缠绵亲热的时候,那些黄金竟然钻进了他们的身体里,他眼前一黑便晕倒了。等他醒过来的时候,于潇潇已经不见了。他认为于潇潇一定是拿着黄金走了,所谓的爱情不过是金钱的附属品。

可让他没想到的是,等他回到宿舍楼走廊的时候,竟然被李大壮和赵天打晕,并且逼问那些黄金的位置。

黄金,在他眼里不再是诱惑。因为黄金,他失去了哥哥,所谓的爱情也变得一文不值,现在连宿舍的舍友都变得如此冷血。

郑浩天来到了那个坑里,此刻,张野已经醒了过来。

"他们呢?"张野问。

"死了。"郑浩天平静地说道。

张野站了起来,从坑里跳了出来。

“那些不是黄金。”郑浩天说，“那是黄金虫，文献里记载过，它们冬眠的时候就是黄金的样子，但是一接触到人体体温便会苏醒，钻进人体内，吃掉人的血肉。这种东西也叫‘黄金咒’。我的哥哥，还有他们，全部都是黄金咒的牺牲品。”

“我知道，你和于潇潇在湖边的时候，我就躲在一边。我看着那些黄金钻进你们的身体里，然后你们全都晕倒了。本来我想告诉李大壮和赵天，但是他们却把你带到了这里。也许，这就是命吧。”张野无奈地说道。

“我已经把那些黄金虫全部封死在密道里了。现在我终于明白为什么这里一直是空地，学校宁愿重金购买新土地，也不开发这里。”郑浩天说道。

“那些东西是封不死的，知道你为什么没事吗？那些本来钻进你身体里面的黄金虫不知道为什么，全部钻进了于潇潇的身体里面，然后她站起来疯了一样离开了，消失在了夜幕里。我猜想，这些黄金虫也许喜欢的是那些贪婪人的身体。”张野说道。

“如果是这样的话，世界上有那么多贪婪的人，即使这里的黄金虫不出现，其他地方的黄金虫也会出现啊！”说着，郑浩天不禁深深地叹了口气。

⑨

对于李大壮、赵天和于潇潇的失踪，警察进行了立案调查。郑浩天和张野有重大嫌疑，两个人在警察局接受了各种各样的讯问后，最终还是被放了出来。

走出警察局的那一刻，郑浩天和张野谁也没有说话，二人默默地向前走着。对于李大壮等三人的事情,他们决定缄口不言,因为那些黄金虫已经被封死,包括李大壮和赵天的尸体。他们希望这件事情就像李大壮和赵天的贪婪一样,随着他们的离开永远消失。

拐过弯,突然,张野指着前面一辆出租车说:“于潇潇!”

郑浩天抬头望去,前面的出租车内,于潇潇正在和一个男人说话,两个人的手里似乎还拿着一块闪着金光的东西。恍惚间,于潇潇似乎看到了郑浩天,然后对他露出了一个诡异的笑容。

郑浩天愣在了那里。张野说得没错:黄金虫是封不死的,因为人性的贪婪本身就是不死的。

对于黄金虫的记载里还有一句话:黄金虫除了喜欢冬眠,更喜欢寄生在那些贪婪人的身体里面,繁衍后代,生生不息……

霜 眉

风雨如书

走到时光的尽头
我终于明白
谁是我最终的爱
如果一切可以重来
我宁愿死在你怀里永世不醒

一、寻　猫

破旧的老屋，青砖剥蚀，干枯的植物耷拉在墙壁上，像一条条垂死的蝮蛇。一扇朱漆大门，立在眼前。两个狰狞的虎头门环，用摄人的目光打量着路过大门的每个人。

梅花巷22号。周远看了看旁边的门牌号，叩响了门环。

片刻后，带着一声刺耳的摩擦声，大门开了。一个老人探出了头，藏青色的衣服，花白的头发，眼睛里却闪着锐利的目光。

“客人打哪来?”老人足足看了周远两分钟，说话了。

“宝山。”周远浅浅一笑。

老人微微点了点头，拉开了门，做出了请进的动作。

院落里的景象顿时映入了周远的眼帘里，假山楼亭，雕木走廊，是明代的建筑风格，放眼望去，景色诱人，让人忍不住驻足痴醉。

“客人，这边请。”老人弯了弯身，向左边走廊走去。

鹅卵石块铺成的地面，图案繁乱，或水鸟，或风景。单是石块上的图案，便让人惊叹不已。

走廊的尽头，是一间破落的小屋。

门楣上有两个字——猫舍。青灰色的木门，旁边有一些脱落，似乎是年久腐蚀的结果。

推开小屋的门，一个女人走进了周远的视线里。女人背坐在床上，身上披着一件华丽的锦袍，一头乌黑如瀑布般的秀发散落在肩上。白炽灯下，像一幅镶嵌在黑白底面上的彩画。

老人退出房间，关上了门。

周远往里面走了两步，他看到女人的身边卧满了猫。白色的、黑色的、栗色的，全部闪着蓝色的瞳孔，盯着这位陌生来客。

女人转过了头，乌黑的头发下藏着一张苍老的面容，让人禁不住发颤。她抚摸着身旁的一只黑猫，修长白皙的手指，微微晃动。

“你好，我来寻猫。”这是猫舍的规矩，不能说买，也不能说要。

“哦，用来复仇吗？”女人扬了扬眉毛，露出一个奇怪的笑容。

“是。”周远点点头。

“好，你挑吧！”女人停下了抚猫的手，坐了起来。

周远的目光在床上搜索了一番，最后目光落到了一只通体纯白，嘴边有花纹的猫身上。然后，他指了指那只猫：“就它吧！”

女人愣了一下，继而露出一个妩媚的笑容：“好，它的名字叫霜眉。记住，要好好爱它，它会帮你完成任何心愿。”

女人的话说完，霜眉“喵”的一声从床上纵身跳到了周远的怀里。它用头亲昵地蹭了蹭周远的身体，一副娇羞不语的样子。

转身离开的时候，女人说话了：“记住我的话，好好爱它，就像爱你的情人一样。否则，它的恨不会比你现在对情人的恨少。”

周远的身体怔了一下，低头看了看怀里的霜眉。霜眉眨了眨眼，鼻子里轻轻呼了口气，像是一位被爱人抱在怀里的新娘。

门被关上了，女人的脸上露出一个苍凉的笑容：“爱与恨，纠缠不休，无论前世还是今生。霜眉，霜眉！”

声音渐渐微弱，像是一首湮灭在时光里的歌曲，只剩下音律让人缅怀。

二、问　　猫

乌木窗外月华如水，清冷柔软的月光漫过窗格泻在案几上，纯色的桌子隐隐散出森冷的寒气。

霜眉望着镜子里的自己，面若桃花，秀发如云，明眸皓齿。她想起叶承言的话，“好一个美到骨子里的女子”。

那个夜晚，因为叶承言的一句话，整个世界变得云里雾里，甚至几次琴弦走音。曲终人散，霜眉的眼里只有叶承言那句让她爱到心底的话，还有叶承言那风度翩翩、清秀儒雅的样子。

小河说：“姑娘一定是喜欢上了叶公子。”

喜欢，是喜欢，满心欢喜加上彻夜思念，让她自己都无法面对自己。可是，霜眉想起了家乡的父母，还有从小定亲的天远哥哥。

京城的风很凉，霜眉的房间外面就是护城河，每天晚上都能清楚地听见河水涓涓流淌，像是思念一个人的声音，叮叮咚咚流过心底。只是，现在这份思念变得忐忑不安，甚至有些烦乱惆怅。

“咚咚”，有人敲响了房门。

霜眉回过思绪，站起来，走到了门边。

“姑娘，这是明天要去的地方，主家请你好好准备。”是丫鬟小河，说话的时候她的脸上带着痴痴的傻笑。

霜眉打开信笺看了一下，上面写着一行地址：城南叶家。

叶家，霜眉想起了叶承言，那个一举一动都让她心动不已的男子。他拿着纸扇走过来，轻言相问：“霜眉姑娘，何时能为我轻弹一曲《凤求凰》？”

如清水般的眸子里，闪着让霜眉几乎窒息的光芒，霜眉听见自己的心里像是几十面鼓同时雷动。

现在，他的帖子来了。

小河不知道什么时候走了，关上房门，霜眉坐到了床上。

《凤求凰》，当年卓文君与司马相如的见面之曲，成就了他们之间伟大的爱情。

霜眉坐到了琴边，窗外月色皎洁，繁星闪烁。

“噔”，开音不稳，是个破音。霜眉呆住了，她想起了天远哥哥，那个为了能让自己安心学琴，不惜在山上打猎三天，最后被野狼攻击的人。那份情意，即使自己对他没有爱情，也有无法偿还的恩情。

一阵风吹来，那张信笺被吹到了地上，晃晃悠悠的，像是霜眉此刻的心。信笺落到地上的时候，霜眉想到了一个办法。

问猫。

在霜眉的家乡，家人出门、儿女婚嫁，都会问猫。

这是从祖上传下来的规矩。猫有灵性，它能窥探一些人看不到的东西。所以，霜眉的家乡名叫猫灵镇。

霜眉站了起来，她走到窗边，轻轻哼了一段小曲。

很快，窗外传来窸窸窣窣的声音，一只通体纯黑的猫跳进了房间里，它闪着两只绿色的眸子，安然地看着霜眉。

霜眉坐到黑猫的面前，说出了心里的困惑。

黑猫叫了起来，一声接一声，像婴孩的哭声，一下接一下地撞到霜眉的心里。

猫哭为哀，猫昵为乐。

结果很明显，问猫的结果是哀。

霜眉呆住了，愣愣地望着窗外。

叶承言的眉目又浮现在眼前，难道这注定是一场悲剧？漆黑的夜里，闪烁的星星像是谁的眼泪，晶莹剔透。

那只黑猫离开了，临走的时候回望了一下，似乎又一次在提醒霜眉。

霜眉低下了头，一滴泪落到罗衫裙上，幻化成一地的悲伤。

三、虐　　猫

最初看到那个视频，是在一个网站上。画面上，一个打扮时尚的女子拿着一根棍子向一只被捆绑的小猫打去，小猫的惨叫和女子的狞笑，像是一幅人间地狱的画面清晰地传达到周远的眼睛里。

周远感觉自己全身都在颤抖。

视频的最后，那个女子留下一句话："该死的臭猫！"

网络上的虐猫事件已经不是第一次，可周远不知道为什么，对于这次看到的视频，他的悲愤从心底冒出来。他忽然很想知道那个虐猫的女人到底是谁？

正是因为这个念头，他认识了林雪。

林雪是名大学生，所学专业是计算机。在周远寻找那个虐猫女人的时候，两个人认识了。林雪对于周远的想法非常支持，于是，林雪找到网上的朋友，通过人肉搜索很快便查到了那个女人的真实姓名和地址。

看到虐猫女人遭到了大家的谴责以及她的悔悟，周远从心里感谢林雪。于是，他提出了见面。

一切似乎顺理成章，林雪像周远预想的一样，温柔、漂亮，简直就是自己的梦中情人。

两人渐渐熟络起来，不久就恋爱了。

那段时间，是周远生命里最美好的日子，他每天下班都会去找林雪。从周远的城市到林雪的学校，需要三个小时的车程。但这样的距离，对于爱情来说并不算什么。

周远像珍惜宝贝一样疼爱着林雪，因为他相信林雪是他生命中唯一的女人。

这个世界很乱，爱情似乎已经成为了一种快餐。可是，周远的爱情观却恰恰相反：不会轻易去爱，如果爱起来，便是全心全意。

周远喜欢猫，也许正因为如此，他才会对虐猫女人如此愤恨。他向林雪讲自己的童年，讲自己的故事。

可是，让周远没想到的事情还是发生了。那个晚上，周远没有告诉林雪他会去。走到林雪学校门口的时候，周远看到林雪亲昵地和另一个男生抱在一起。

周远愤怒地冲了过去。

林雪告诉了他答案，林雪和他在一起只不过是玩玩，何必当真！

周远无法相信，可事实就是如此。爱情，像一个泡沫，瞬间被人戳破。

在房间里躲了三天，周远想通了一切。他决定让林雪付出代价，就像那个虐猫的女人一样。在周远的家乡有一种传说，如果找到带有灵性的猫，便可以了却心里的夙愿。

周远回了趟老家，在家乡一个老婆婆那里，得到了一个寻猫的地址。

拿着那张纸条，周远的眼里闪出了火一样的愤怒。

很快，公交车到站了。周远的思绪也断了，他站起身来，走下了车。

怀里的霜眉似乎睡着了，两只眼睛眯缝着，安然温和地蜷缩着身体。

推开房间的门，周远把霜眉放到了床上。

柔和的灯光下，霜眉如同一位身着白衣的女子，安静地躺在床上。

“霜眉，你爱过一个人吗？你知道什么是恨吗？那滋味就像一把刀割过心扉，生生地疼。”周远说着，眼里闪出了晶莹的泪花。

“喵”，霜眉睁开了眼，张了张嘴，它的瞳孔里泛着绿色的莹光，仿佛在讲一个古老的故事。

“我们开始吧！”周远擦了擦脸上的泪，轻声说道。

四、赏　　猫

浮云水袖，琴瑟和鸣。

霜眉不敢抬头，她能感觉到叶承言的目光就停留在自己身上。如同一丝温和的春风，一点一点吹过心头。

《凤求凰》，情丝绵绵，旁边舞女轻翩，她们围在霜眉的身边，随着音乐展开舞姿。

“好！好曲，好舞！不愧是红袖阁第一女子也。”旁边一名男子拍起了手，霜眉记得他是叶承言的朋友，名叫段秋水。

“段兄，请。”叶承言举杯，脸上焕发着容光。

曲毕，小河拿起银盘走了过去。

霜眉抬起了头，对面的叶承言并没有拿出银子来。

所有人都怔住了。

“银子岂能配上霜眉姑娘如此之艺？来人，把我的昭儿带来！”叶承言挥手说道。

昭儿，那是叶承言花费万两黄金从波斯古国买回来的一只白猫。霜眉心头一震，慌忙躬身说道：“霜眉承受不起。”

叶承言笑而不语，回头抱起了仆人送过来的昭儿。

昭儿冲着霜眉妩媚一笑，然后从叶承言的怀里跳了出来，蹿到霜眉的怀里。

霜眉呆立着，不知道是抱还是放。

“你看，连昭儿都明白我的心意。”叶承言看着旁边的段秋水，豪声笑了起来。

“相公，你在做什么？怎么能把昭儿送人呢？”这个时候，一个女人走了进来，旁边所有的仆人都躬身喊道：“夫人。”

霜眉抬起头，看见一道冰冷的目光射过来。

一张如花的脸上却是冷若冰霜，她走到霜眉面前，一脸不屑地说：“一个青楼女子，有什么资格得到昭儿？”

“夫人误会了，我家姑娘并不同于其他姑娘。”旁边的小河看不下去了，辩解道。

“黑就是黑，倒在白水里也叫黑。昭儿，来！”女人伸手抱住了昭儿，昭儿转过头，嘶叫一声，钻进了霜眉的怀里。

“我说嫂子，难得叶大哥有雅兴，你又何必呢？不过是一只猫而已，有什么可计较的！”段秋水站了起来。

女人没有再说话，站起来走了出去，临走的时候，一双眼睛像刀子一样刮过霜眉的身上。霜眉缩了缩身子，打了一个寒战。

走出叶府，霜眉看了看怀里的昭儿，它像一个安睡的婴孩一般，温和地躺在怀里。霜眉轻轻抚摸了一下它的毛发。

“昭儿是我最爱的东西，你一定要好好对它。就像，就像……”叶承言没有说完，但从他的眼神中，霜眉读出了一些东西。

那些东西像火星泛在水里，噼里啪啦，声声作响。

霜眉先前的寒战与不安荡然无存，只剩下浅浅的幸福在心里细语呢喃。

夜深了，霜眉望着铜镜里的自己，脸上涌起一层莫名的哀伤。

窗外月光如水，透过窗格洒进来，昭儿卧在窗边，闪动着一双晶莹的眸子。

突然，昭儿站了起来，它的毛发直立，紧紧地盯着窗外。

窗外，一只黑猫同样用惊悚的目光盯着房间里的昭儿。

霜眉呆住了，一股冰冷的凉气瞬间从背后涌上来，像水一样荡漾到全身各个角落。

五、疑　猫

林雪又做噩梦了。

在梦里她被一阵奇怪的香味吸引，是肉香。她走到厨房，看见煤气灶上的锅正冒着热气，那些香味就是从锅里飘出来的。

掀开锅盖，林雪看见锅里有大块的骨头在翻滚着，汤色乳白，浓郁香醇。

林雪不由自主地吸了口气，拿起挂在墙上的汤勺，从锅里舀了一勺浓汤，对着勺子吹了两下，再凑上前去吸着汤汁。

一股浓郁的香味瞬间滑落到胃里，林雪感觉那些香味正从自己的胃里慢慢溢上来，满口都是浓香。

她忍不住又把勺子伸进了锅里。这一次，她舀到了什么东西。她拨了一下，不禁呆住了。

那是一个带着毛的猫头，一双眼睛睁得又圆又大，定定地望着林雪。猫嘴张着，仿佛在狞笑，里面露出细细的猫牙。

林雪往后退了一步，胃里开始翻滚，然后用力地呕吐起来。

就在林雪连心脏都快要吐出来的时候，她听见锅里的猫叫了起来。

林雪抬起头，看见那只猫竟然从锅里站了起来。一双凌厉的眼睛死死地盯着自己。

“啊”，林雪醒了过来。汗水已经把睡裙湿透，她用力地喘着气，对刚才的噩梦心有余悸。

时间是凌晨三点，林雪舒了口气，靠在了床头上。

自从和新男友段强去吃了一次猫宴，她便一直心神不定，不是做噩梦就是听见猫叫。

猫肉本来就不能吃，可是，也不知段强从哪听到的消息。说是在一个偏僻的小饭店里，有猫宴吃。

不过，那次的猫宴的确很不错。店主说他是用自己独创的料理方法烹制猫肉的，不但没有酸味，而且是香气十足。

吃完那次猫宴，林雪便开始有些不舒服。她总是想起周远，那个被她深深伤害的男人。

林雪并不是不喜欢周远，周远是那种可以安心过日子的人。可是，林雪现在并不想结婚。她正是如花的年龄，青春需要灿烂，所以，她不想让自己受束缚。

周远没有再来找过她，这让她有些意外。不过，也算是松了口气。

“喵”！突然，一个轻微的叫声响了起来。林雪猛地坐起来。

拧开床前的台灯，整个房间瞬间变得雪亮。

房间里没有任何东西，电脑、桌子、书柜安静地矗立着。那声猫叫是从哪来的呢？

林雪又躺了下来，这一次她没关灯。

其实，她并不想伤害周远。可是，她又找不到其他办法。周远的爱太浓，如果不这样快刀斩乱麻，其他办法根本行不通。

段强对林雪也不错，可是林雪和他在一起总会想起周远。那个性格沉闷，却爱意浓郁的男人。

他给林雪讲自己的童年，讲自己的故事，讲自己的爱好……

想到这里，林雪惊出了一身汗。周远曾经讲过，他喜欢猫。在他的家乡，猫就是神，他们把猫当神一样敬着。

周远还说过，猫会惩罚她的。说这句话的时候，周远的脸上浮现着奇怪的表情，那种表情让人害怕，让人毛骨悚然。

最近自己遇到的怪事都和猫有关，会不会是周远在报复自己呢？林雪想着。

"喵"！叫声又响了。

林雪抬起头，她终于发现了那个叫声的来源。

窗户边，一只猫正蹲在外面，直直地盯着她，两只眼睛闪着绿油油的光芒。

林雪顿时呆住了。

那只猫又叫了一声，纵身跳走了。

这个时候，林雪忽然想到了一件事情，自己住在五楼，那只猫是怎么爬上来的？

六、血　猫

霜眉回头望了望身后的宅子，门楣上挂着两个白色的灯笼，上面分别写着两个隶书大字——段府。

她掂了掂手里的盒子，往前走去。

深夜的街道，树影婆娑。偶尔传来几声狗吠和更夫的报时声。

霜眉走得很慢，月光把她的影子拖得长长的，就像她此刻的心情。

月光越来越寒，霜眉来到了郊外。前面是一片坟林，不时传来乌鸦的叫声，点缀着夜里惊恐的气氛。

她打开手中的盒子，一个东西显露在眼前。那是一只被剥了皮的猫，血淋淋地躺在盒子里。

霜眉哭了起来，眼泪如雨一样落下来。月亮悄悄躲到了云层里，仿佛在害怕什么。

片刻后，霜眉抬起了头，她盖住盒子，头也不回地往前走去。

天亮了，霜眉睁开了眼。

小河推开了门，一脸喜气地坐到霜眉面前："姑娘，准备好了吗？"

霜眉转过头，脸上的表情有些麻木。

"我们快开始吧，姑爷就要来了！"说着，小河扶起霜眉，坐到了镜子前。

红色的唇，血一样渗进霜眉的眼里。

凤冠霞帔，红色喜帕，霜眉安静地坐在床边，等着良人。

昭儿在旁边亲昵地蹭着霜眉的衣角，仿佛也在为她高兴。

门被推开了，霜眉感觉到自己的心莫名地跳了起来。她两只手紧紧扭着喜衣的衣角，忐忑不安地听着那个人一点一点靠近自己。

喜帕被掀开了，霜眉看见叶承言俊朗开心的面容，她不禁低下了头，一抹红晕在脸上泛起。

红烛过半，夜色阑珊。

霜眉看了看身边安睡的叶承言，又转过了头，昭儿守在门边，像雕塑一样立在那里。

霜眉轻轻下了床。

今晚，月色撩人，正是良辰美景之时。

窗外，是一片夜花。

叶承言说，那些花只有在夜里才会开。就像遇见霜眉一样，只是一刹那，便印进了心底。

夜花，传说是天上的仙子因为偷偷爱上了凡间的男子，被玉皇大帝贬成花仙，只能在夜里开放。

霜眉走出了门外。那些夜花似乎正在准备绽放，花骨朵饱满异常。

“新夫人，你怎么在这里啊？”一个声音从背后传了过来。

霜眉转过头，一个丫鬟站在身后，手里拿着剪刀和花肥。

“我来看看这些夜花。你叫什么名字啊？”霜眉微微一笑，问道。

“奴婢名叫清云。”丫鬟躬身说道。

“清云，好美的名字。你是看守夜花的吗？”霜眉问。

“是，清云负责夜花。”

忽然，有风吹来，身边的一朵夜花悄然绽放，随即其他夜花也都竞相开放。霜眉顿时呆住了，她从来没见过如此漂亮的花开。

一瞬间的美丽，就像霜眉第一次见到叶承言一样，那种感觉虽然只是一瞬间，可是，却时刻在脑子里徘徊。

“夜花虽美，可惜看到的人却不多。府里的人不明白为什么要种这些不见花开只见花败的夜花，他们哪里懂得夜花的美丽啊！”清云说着，拿起手里的剪刀，轻轻把一朵夜花剪断。

“你干什么？”霜眉一愣。

“清云想要为新夫人做夜花束。这样，新夫人就不用等到夜里来看花了。”清云莞尔一笑，轻声说道。

夜花束，相公看到一定会非常开心的。霜眉猜想。

七、鬼　猫

段强笑了,笑得灿烂如花。

林雪告诉他自己最近遇到的一切怪事都和猫有关,可能是因为他们吃了猫,所以是猫的鬼魂来找她了。

段强说:"林雪,你是不是想得太多了?"

林雪没有说话,她宁愿是自己想多了。

游乐场里人不多,几个孩子在嬉闹着。段强抱着林雪,坐在旋转木马上。

这是林雪一直想要做的事情。和心爱的人坐在旋转木马上,那是每个女孩都想要的。这样的话,林雪和周远也说过。可惜,周远认为那是小孩子才玩的东西;段强不同,只要林雪提出来的事情,他都会去做。

旋转木马渐渐停了下来,林雪抬起了头,前面,一道冰冷的目光直直地盯着她。

"啊!"林雪叫了起来,身体一软,从木马上掉了下来。

"怎么了?林雪,你怎么了?"段强慌忙跳下来,扶起了她。

"猫,有只黑猫!它,瞪着我!"林雪指了过去,前面空空如也,根本没有什么黑猫。

"林雪,你太累了。要不,我们回去吧!"说着,段强扶起她离开了。

走出游乐场的时候,林雪回过了头,那只黑猫依旧立在旋转木马旁边,目光注视着她,仿佛在笑。

林雪的心沉到了极点。

段强走了,说下午有个客户要谈。房间里又剩下了林雪一个人,寂寞和恐惧蠢蠢欲动。

林雪拿起一本书，百无聊赖地看了几页，慢慢睡着了。

不知道过了多长时间，林雪被一个奇怪的声音惊醒了。仿佛是有人在喘气，“呼哧呼哧”的热气阵阵扑来。

林雪睁开了眼。

一只黑猫立在她的面前，热气正是从黑猫的嘴里喷出来的。林雪大声叫了起来，她这才发现，整个房间里有好几只猫，黑的、白的、花的，它们都在盯着林雪。

林雪惊恐地坐了起来，伸手摸到一个东西，拿起来一看，竟然是一张照片，上面是一只被剥掉皮的猫，血淋淋的。

林雪疯了一样爬下床，想冲出门外，可双脚却没有一丝力气。她眼睁睁地看着那些猫，一点一点向她走来。

她感觉脑子里一片空白，想叫却怎么也发不出声音。

朦胧中，她看见一个人走了进来。那个人抱着一只通体纯白的猫，目光诡谲地看着她。

林雪努力睁着眼，终于看清了那个人的样子——他是周远。

最后一丝光亮消失前，林雪看见周远怀里那只白猫跳了下来，并向自己扑来。林雪眼前一黑，晕了过去。

医生摇了摇头，关上门走了出来。

“医生，她怎么样？”段强问道。

“她的精神受到了严重的刺激，看来，一时半会儿恢复不了。这样吧，你先办个住院手续，我们观察几天再看看。”

医生走了，段强愣了愣，向医院交费处走去。

一个人影从旁边走了出来，他的手里抱着一只通体纯白的猫。

他站在病房门外，望着病床上的人，眼里闪着一丝奇怪的光芒。

“好漂亮的猫啊！有名字吗？”旁边一个护士不禁停了下来，盯着那只猫问道。

“霜眉。”他微微一笑，柔声说道。

八、葬　猫

夜花束做好了。可惜，叶承言却再也看不到了。

天亮的时候，霜眉推开门，发现了死在床上的叶承言。

叶府一时之间塌了天，霜眉一身孝服，跪在灵前。昨日的喜气还在眼前，一夜之间，却变成了凄凉的悲伤。

从此，叶家被大夫人一手担起。

郎中很快查出了叶承言的死亡原因，他中了猫毒。

所谓猫毒，是指猫的唾液。

霜眉想到了昭儿，当然，还有自己的安危。果然，大夫人的矛头指向了她。

昭儿在叶家本来好好儿的，为什么被霜眉带走后便有了猫毒？郎中的回答更让霜眉心寒，猫毒可以人为之。

一时之间，叶府把罪过全部推到了霜眉的身上。

霜眉没有动，她跪在叶承言的牌位前，心已麻木，泪已流干。

“先罚你为相公守灵三天，不准吃饭！”大夫人甩下一句话，转身走了。

冰冷的灵堂，素颜白纸，香烛冥钱，所有的东西都和悲伤沾上了关系。霜眉依旧一动不动，她内心的悲伤已经被仇恨代替。

三天前，段秋水派人来到红袖阁送了一样东西。那是一把檀木梳子，是霜眉离开家乡前留给天远哥哥的。

霜眉看到梳子，便赶去了段府。

段秋水直截了当地告诉她，天远以及霜眉父母的命运就捏在她的手上。

段秋水只想得到叶承言的祖传之宝。他会安排叶承言迎娶霜眉，然后让霜眉按照他的要求把祖传之宝偷出来。

当然，段秋水给了霜眉一包药，只要让叶承言吃下去，便可以知道祖传之宝的收藏之地。

临走的时候，段秋水给了霜眉一个盒子，并且告诉她，如果不按照他的要求去做，那么盒子里的东西就是其他人的下场。

可是，霜眉没想到，那包药是一包毒药。

段秋水要了叶承言的命，而霜眉亲手毒杀了自己最爱的人。这种痛，比杀死她自己还要疼，还要伤！

门外，传来昭儿的惨叫声，大夫人的声音隐隐传来："给我打死它！要不是它，相公也不会死。"

昭儿的叫声一声一声弱了下去，最后没了声音。

霜眉的心碎了，叶承言留给自己的最后一份爱也消失了。

哀莫大于心死。

霜眉站了起来，走了出去。

昭儿的尸体孤零零地躺在地上，一双眼睛圆睁着，血把它的毛发染得通红。霜眉最后一次抱起了昭儿，慢慢地向前走去。

"霜眉，你去哪？"大夫人喊道。

霜眉没有说话，她转过头，目光冷冷地扫了大夫人一眼。然后，头也不回地走出了叶府。

雨下了起来，越下越大。

霜眉用近乎颤抖的手把昭儿放到了挖好的坑里。

雨水冲刷着昭儿的身体,那些染红的毛发变得湿漉漉的。霜眉望着天大声叫了起来,她想起了自己问猫的结果。

猫哭为哀。

这一切早已注定,只是自己为什么还要继续?

悲伤过后,霜眉抬起了头,她的目光里闪过了愤怒的光芒。

躺在坑里的昭儿突然睁开了眼,一股摄人的寒光透过瞳孔钻进霜眉的眼里。

天瞬间暗了下去。

九、爱　　猫

段强又一次把钱数了数,整整六十万。

望着那些粉红的钞票,他的脸上露出了得意的笑容。

在这个世界上,人和人的命运很不平等。有的人坐在办公室,一个月轻轻松松就能拿好几千块钱的薪水;而有的人整天抛头露面,辛苦奔波,一个月却只能拿几张可怜的票子。

段强就是后者。他每天从早跑到晚,薪水却少得可怜。

人没钱没关系,如果没有钱还喜欢钱的话,那就会冒出一些坏的念头。

两周前,段强认识了林雪,并且帮林雪甩掉了她的旧男友。当然,他也知道了林雪和周远的故事。

回到家,一个罪恶的念头出现在他的脑海里。

段强以前看过一本书,里面说的是一个男人为了得到妻子的公司,想尽办法来吓唬妻子,最后把妻子活活吓死了。当然,那个男人轻而易举地继承了妻子的公司。

这个故事提醒了段强。

他不需要杀死林雪，当然，林雪也没有什么财产。段强是跑保险的，他知道现在保险公司刚刚提出一种新式短期保险，这种保险是两个月结算保险金。如果投保人两个月内没有受到伤害，则需要支付一笔高额的保险金。当然，如果投保人在两个月内出事了，保险公司也将会赔偿一笔高额的保险金。

段强想到了利用猫来吓唬林雪。于是，他为林雪买了一笔短期保险。

为了让林雪的精神彻底崩溃，段强查了很多资料。他按照心理书上说的，先带林雪去吃了一顿猫宴，然后再在她的家里放了一个带有猫叫的 MP3。

当然，林雪精神崩溃前见到的那些猫也是他的杰作。他相信，通过自己的布置，再加上林雪对于猫的恐惧，自己的目的一定可以达到。

现在，林雪躺在了精神病医院的床上。没有人知道段强为她办理了保险，而段强在取完保险金后便把所有的资料都删除了。今天下午，他就会离开这个城市。

就这样，段强提着钱离开了。

在他身后，一只黑猫悄无声息地走了出来，然后一个纵身跟了过去……

林雪醒了过来，她的精神状况恢复得很差。只要看到毛茸茸的东西，她就会惊恐地尖叫。

最近，医院里的人总会看见一个男人抱着一只猫站在病房外偷看林雪。经过询问，他们知道那个男人是林雪以前的男朋友。让医生奇怪的是，先前送林雪来医院的那个男人却不见了。

这个世界真是奇怪，有时候，新欢真的不如旧爱。

周远笑了笑，没有再说话。他拿起旁边的报纸继续看起来。

报纸的头版是一则新闻，在本市一家宾馆，一名男子神秘死亡。警察在他身上发现数十条类似爪伤的伤痕，初步认定是被某种动物杀害的。可奇怪的是，宾馆的服务员和其他人并没有见到什么动物出没。

警察还在那个男人的行李里发现了六十万元人民币，警察呼吁，如果有人知道该男子的身份，请与警方联系。

周远放下了报纸，轻轻地笑了笑。

怀里的霜眉叫了一声，仿佛完成了什么高难度的任务。

"霜眉，我还爱她。所以，做不到恨她！"周远喃喃地说道。

十、化　　猫

段秋水抱着怀里的女人，用力亲了一口。

女人扭了扭身体，轻声说道："别那么张扬，让人家看见了，多不好！"

"哈，怕什么？叶家都是我的了！大夫人，你还是大夫人，不过得姓段！"段秋水笑着说道。

"不过，霜眉她……"大夫人的表情有些为难。

"放心，她现在应该和承言兄双宿双飞了。不过，是在阴曹地府。哈哈！"段秋水肆意张狂地笑了起来。

外面的雨水疯了一样冲刷着窗棂，一只猫悄无声息地走到了门边。

"新夫人，你快走吧！大夫人要杀你！"清云把霜眉推向了门外。

"可是我走了，你怎么办？"霜眉问道。

"清云的命不算什么,清云只是个守花的奴婢。现在花没了,活着也没意思。"说着,清云流下了眼泪。

霜眉踉跄着脚步,跑向了后山。

跑到山脚下的时候,霜眉看见那座本来应该关押着自己的房屋起火了。熊熊的烈火,瞬间吞噬了一切。

霜眉的眼泪落了下来,她的眼前浮现出清云的面容……

所有的一切幻化成一股怨气,霜眉抬起了头,她要报仇,报仇!

漆黑的山洞里,霜眉看着眼前的猫越聚越多,它们安静地蹲在霜眉的身边,仿佛是她的孩子。

霜眉从口袋里拿出一瓶药水,深蓝色的药水泛着莹蓝色的光芒。

"喵!"

"喵!"

所有的猫都叫了起来,声音连成一片。

霜眉把药水凑到嘴边,一饮而尽。

愤怒如火一样燃烧起来,霜眉感觉自己全身都在收缩,就像失去的爱情一样。她闭上眼睛,默默忍受着身体的痛苦。

片刻后,她睁开了眼,她的眼睛里闪过一丝冰冷的火焰。

明末年间,陵南一家段姓大户一夜之间,全家上下三十几口人离奇死亡。有人称,在死亡现场,看见数十只猫走来走去。其中,有一只通体纯白的猫卧在正堂,一直到官府来人才离去。

民间很快开始流传段家死亡之谜。有人说是段秋水做事太绝,遭到了天谴;也有人说是叶承言的朋友做的,他们要为叶承言报仇。

只有一种传说被人视为邪说。那就是霜眉幻化成猫,深夜带领群猫杀害了段家上下三十几口。

十一、尾　　声

女人累了，她蜷缩了一下身体，躺在了床上。

桌子上的红烛轻晃，映出女人乌黑流水般的秀发。女人的旁边，一只通体纯黑的猫突然叫了一声。

“青瞳，你怎么了？”女人微微睁了睁眼。

那只黑猫眨了眨眼，目光温和地看着女人。

“霜眉已经离开了，她的故事也将结束。可是，你的呢？”女人望着那只被称为青瞳的黑猫，轻声叹了口气。

窗外，夜色阑珊，凉风四起……

绣娘怨

风雨如书

黑色的风吹过寂寞的城墙，谁的眼泪随风飘荡。
白色的蝴蝶不成双，飞过哭泣的天堂。
爱是一条没有方向的河流，流过谁的心房。

白色的雾飘过时光的容颜，谁的笑容依旧苍茫。
黑色的童话不散场，你站在河的对岸。
落单的岁月，沏成一壶心碎神伤。
你在你的天涯，我在我的海角。

一、戏　　梦

林绣绣又梦见了那个女人。女人穿着一件红色的戏服，脸上涂满了胭脂油彩。她挥舞着水袖，眉眼轻抬。旁边有两盏橘色的灯笼，随风轻摆。

她唱："绣娘啊，一生多坎坷；嫁人妇，却道命该绝，命该绝……"

四周有细碎的光影打在女人的脸上，不甚凄凉。女人唱着唱着，便抽泣起来。声音低低的，幽怨哀伤。

"李绣娘，时间到了。"旁边传来男人粗鲁的吼叫声，女人轻轻擦了擦腮边的泪水，转身走开。

林绣绣猛地坐了起来。胸口急剧地喘着气，冷汗浸湿了刘海。她靠在床头长长地舒了口气，安慰自己，那只是一场梦。可是，她却清晰地记得梦里的那个女人，她叫李绣娘。

这是第几次，林绣绣已经记不清了。很多时候，林绣绣都不知道那究竟是现实还是梦境。

窗外，天已经蒙蒙亮了，新的一天又开始了。林绣绣叹了口气，准备起床，无意中却碰到了床边的水杯。杯子骨碌碌落到了地上，碎了。

"绣绣，你怎么了？"睡在对面的叶灵被惊醒了。

"没……没事。"林绣绣不好意思地笑了笑，下床收拾好地上的碎玻璃。

"哎哟，这是怎么了呀？大清早的，还让人睡不睡了！"上铺的苏晓翻了个身子，嘟囔着。

林绣绣向叶灵伸了伸舌头，拿着碎玻璃走了出去。

林绣绣怎么也没想到自己会来到戏曲学院。一个星期前，她还和同学在 KTV 里一起高声大唱《死了都要爱》。现在，摆在她眼前的教材上全部是曲曲符符。《天仙配》《打猪草》，这些平常在戏曲频道看到的段子，如今却成了自己主修的科目。

讲台上，老师正在讲解黄梅戏唱腔的运用与分类。旁边的叶灵歪着头，在纸上轻画着什么。

“现在，我们找位同学用花腔来唱一下《蓝桥会》里蓝玉莲的开场白。”老师说完这句话，台下的人立刻都坐直了身子，生怕老师点到自己。

叶灵也一本正经地拿着教科书看着。看到叶灵的样子，林绣绣不禁笑了起来。

“林绣绣同学，你来吧！”老师盯着讲桌上的点名册，半天喊出了一个名字。

林绣绣的头一下大了，慢慢腾腾地站了起来。班里同学的目光都聚到了她身上。

“老师，我……我不会。”林绣绣不情愿地说道。

“没事。你就按照我刚才教你的，慢慢来。”老师望着她，目光中充满了鼓励。

“相公，奴家蓝玉莲。”叶灵轻轻地在底下唱着，笑嘻嘻地看着林绣绣。

林绣绣迟疑了几秒，然后拿起教科书，照着上面的台词唱了起来。

“春开牡丹夏开莲，磨房内走出来蓝玉莲。掸掸身上尘与土，再把脸上汗擦干。忧愁愁我只得厨房内面，缺少清泉……”

林绣绣的耳边又响起了妈妈的话：“绣绣，我一直希望你能继承我的事业。我和你爸爸商量了一下，决定让你去戏曲学院就读。你好好地学习戏曲,别让我们失望啊！这是你的通知书。”

“可是,妈妈……”林绣绣还想说什么,妈妈却走回了房间。

恍惚中,她又看见了那个女人。她跟着林绣绣一起唱:“相公你要念蓝井一点,助我一把凉水上肩。你若不念蓝井一点,你走东,我走西,走东走西,我的魏相公,各走各边。”

一颦一笑,一承一转,似乎就在身边。林绣绣有些迷茫,她不知道自己是不是又做梦了。从来到戏曲学院开始,她几乎每天都能梦到那个叫李绣娘的女子。

“绣绣。”旁边有人拉了她一下。林绣绣猛地醒了过来,这才发现所有人都惊奇地看着她,仿佛在打量一个怪物。

“我怎么了?”林绣绣呆住了。

二、纸　蝶

“你……你是叫林绣绣,对吧?”台上的老师停了半晌后说道。

林绣绣没有说话,点了点头。

“好,好,太好了!”老师说着,摆了摆手,示意让她坐下。眼睛里充满了意外的惊喜。

“叶灵,到底……到底怎么了?”林绣绣坐下来看了看叶灵。

“还装啊！原来你是个高手啊,唱得那么好！我看,咱们老师估计都唱不过你。”叶灵用力拍了她一下。

“我,高手?!可是,我根本没唱过戏啊!”林绣绣愣住了,她的眼前又浮现出了李绣娘的样子。

李绣娘究竟是谁？为什么总是在恍惚中出现？难道刚才唱歌的是李绣娘？想到这里,林绣绣不禁打了个冷战。

下课后，叶灵拉着林绣绣去操场看球赛。林绣绣知道，叶灵其实是去看秦安。秦安，当然是学校里最帅的男生，学习成绩好，篮球技艺又高，还是学校文学社的社长。

当然，这一切都是叶灵告诉林绣绣的。

操场上，人声鼎沸，不时传来女生尖叫的声音。林绣绣指着操场上围了一圈的女生说："看见了吗，那应该都是你的情敌。你，是准备抗战十年，还是另换目标啊？"

"她们？哼，秦安早就是我的囊中之物了。"叶灵"嘿嘿"一笑，拉着林绣绣向前跑去。

透过拥挤的人群，林绣绣终于看见了秦安。他穿着一件白色的运动服，头发垂在额前，细长的眉毛，一双黝黑的眸子，似夜空闪烁的星星。

怪不得叶灵刚来学校便对秦安倾心不已，原来，他真是一个倾城美男子啊！林绣绣感叹道。

"同学！"忽然，背后有人拉了她一下。林绣绣转过头，背后站着一个男生，样子有些清秀，只是眉头紧紧地锁着，一筹莫展的样子。

"你最近是不是常做梦啊？"男孩可能有些不好意思，声音比较轻。

"废话！哪个人不做梦啊？"叶灵接口说道。

"不是，我说的不是平常的梦。"男孩觉得尴尬了，急忙辩解道。

"哦，那是什么梦？想认识女孩子，换个新鲜的方式嘛！"叶灵眉头一挑，大声笑了起来。

球赛刚好到了休息时间。叶灵豪迈的笑声惊动了场上所有的人，人们纷纷把目光投了过来。那个男孩把一个东西塞到林绣绣手里，转身走了。

“怎么了?”林绣绣回头撞见了秦安的眼睛,仿佛是落入一片星海般,瞬间便沉了下去。

“你好,我叫秦安。”秦安微笑着说。

不知道为什么,林绣绣的心里总是有种莫名的不安。刚才那个男孩的话,说的分明是林绣绣梦见李绣娘的事情,他是不是知道什么呢?

“秦安,我……我叫叶灵,她叫林绣绣。我们是戏曲班的。刚才那个男生想纠缠绣绣,结果被我骂跑了。”

“他是外语系的肖明风,很老实的一个人呀!”

“肖明风!”林绣绣轻轻念了念。她展开手,手心里是一只白色的纸蝶。林绣绣疑惑了,肖明风给自己这个纸蝶是什么意思呢?

三、故　事

回到宿舍,叶灵唧唧喳喳地和苏晓说着秦安用的古龙水多有品位,秦安笑起来的时候多像 Rain。林绣绣满腹心事地躺在床上,她现在觉得叶灵有些冒失,不该那样对肖明风。也许,肖明风真的知道些什么。

宿舍渐渐静了下来,叶灵和苏晓已经睡着了。月光轻飘飘地从窗外钻进来,鬼头鬼脑地贴在地上,仿佛在窥探什么一样。

林绣绣想着白天发生的事,怎么也睡不着。她的眼前一会儿是李绣娘婉转低沉的吟唱,一会儿又是肖明风目光担忧的样子。不知道过了多久,林绣绣才迷迷糊糊地睡着了。

死寂,除了黑暗,便是令人无法挣脱的窒息。

有轻微的音乐声响起。似乎是二胡的单调音,丝丝点点的,慢慢渗透在耳边。接着,音乐声越来越响,敲锣、打鼓……

“小生名叫魏魁元,今日阳春三月三,先生放学我转回还。”清晰的男声黄梅戏腔调，带着略微的颤音。

灯光亮了起来，舞台上唱曲的男人显了出来，素妆淡眉，好一个俊俏的男子。然后，拉弦子的、敲锣打鼓的，一一出现在上面。

台下有人高喊："李绣娘，李绣娘！"然后，灯光暗了下去，只剩舞台上暗红的光亮。

"蓝桥会，是蓝桥会吗？"林绣绣翻了个身，嘀咕道。

四周静了下来，空旷的舞台上只剩下李绣娘一个人。她舞转着水袖，泪眼婆娑地轻唱着。

"李绣娘，时间到了。"那个男人的声音又出现了，这次林绣绣看清了他的样子，竟然是刚刚舞台上唱男声的男子。

就在这个时候，一只白色的蝴蝶飞到了舞台上，快速地落到了李绣娘的肩上。李绣娘哀声哭了起来："我心不甘，心不甘啊！"

林绣绣猛地坐了起来，一颗心几乎就要从胸腔里跳出来了。虽然她明知道那只是一场梦，李绣娘也不过是梦里的人，可恐惧却依然蔓延到她的全身。

白色的蝴蝶。忽然，林绣绣想起了什么，慌忙翻开了枕头。枕头底下放着一只白色的纸蝶，那是下午肖明风送给自己的。难道，梦里那只白蝶就是眼前的这只吗？就在林绣绣还没想明白的时候，眼前的纸蝶忽然动了动，然后，自燃起来。

林绣绣慌忙用手拍了拍，纸蝶已经变成了一堆灰烬。

眼前发生的事，太不可思议了。林绣绣摇了摇头，把纸灰搓到了手里，准备放到桌子上。

转头，她的目光呆住了。两只瞳孔不住地收缩，嘴唇急剧地颤抖着，凄厉的惊叫声从喉咙蔓延而上，然后破口而出。

对面床铺上，叶灵被白色的床单紧紧地裹着，她的舌头伸得长长的，两只手却舒展着，仿佛是飞翔的姿势。月光照在她的脸上，惨白而恐怖。

林绣绣的喊声把上铺的苏晓也惊醒了。两个女孩哪见过这样的阵势，她们蜷缩在被窝里。许久，林绣绣拿起手机拨通了报警电话。

死亡，如此真实地摆放在林绣绣眼前。而且是和自己朝夕相处，关系融洽的好朋友——叶灵。林绣绣使劲地捂着头，眼泪无声地落了下来。

四、诡　杀

黄色的警戒线拉了起来，几名警察在检查现场。林绣绣和苏晓被一名女警叫到一边录口供。两个女孩似乎已经被吓傻了，无论问什么，都是一脸迷茫。

“高队长，你看，这……”女警有些为难地站在一边。

“呵呵，小黄，你去忙吧！”被女警喊做高队长的男子坐到了林绣绣的身边。

林绣绣抬头看了看，眼前的警察有些偏瘦，表情温和却显得异常精干，让人有种莫名的信任感。

“你们别害怕，把事情一点一点地告诉我，好吗？”高成笑呵呵地看着她们。

“好。”林绣绣愣了愣，然后吐出了一个字。

高成的眉头渐渐凝住了。他不时地捏着鼻子，听着林绣绣和苏晓的叙述，他隐隐觉得，这不是一件普通的案子。

“你们真的一点儿动静都没听见？”高成又问了一次。

林绣绣看了看苏晓，两人都摇了摇头。

回去的路上，高成又拿起了现场记录。叶灵是被人用撕烂的床单缠在脖子上窒息而死的。根据现场的检验，叶灵曾在死前用力挣扎过。如果这样的话，和她在一个宿舍睡觉的林绣绣和苏晓怎么会什么也没听见？难道是两个人合谋作案？可是，又没有直接的证据证明这个推断。高成长舒了口气，把现场记录放到了一边。

车子走到路口的时候，电话响了。“高队，我们查到了那两个女生的资料。一个叫林绣绣，是本地人，妈妈是市戏曲协会的小林花；另一个叫苏晓，她的父母都在国外。两个人基本都没什么作案动机。”

林绣绣？是她？高成愣住了。小林花是这个城市曾经轰动一时的人物，那时候，高成还小。只要有小林花的地方，人们就会发疯一样地拥挤。高成曾见过小林花一次，当时，她大约有十岁，穿着宽大的戏服，站在舞台上，甩着水袖，跷着兰花指，举手投足间，都有说不出的万种风情。

忽然，高成想起了什么，他用力踩了下油门，掉头离去。

天一点一点黑了起来。宿舍里只剩下林绣绣和苏晓，两个人都没有说话。外面偶尔有说笑声传进来，然后融到黑暗中。

“你……你昨晚真的没听见什么动静？”苏晓打破了沉默，声音有些干涩。

“我……我也不知道。”林绣绣摇了摇头。

“今天那个警察问，我没敢说。昨天，我看见一个人影爬上了叶灵的床。然后，叶灵自己坐起来，把床单撕成一条一条的，再绑到自己的身上……”

“那你为什么不阻止她啊？”林绣绣有些生气地打断了她的话。

“我当时害怕极了。我觉得，那不是叶灵。而是，鬼！”苏晓说完最后一个字，宿舍的门莫名地响了一下。

林绣绣吓得身体颤了一下：“其实，我住到这里的第一天便一直做噩梦。现在，叶灵也死了。你说，这里是不是不干净啊？”

苏晓眼睛睁得大大的，她紧紧地盯着林绣绣，轻轻地说：“我听别人说过，咱们学校解放前是一个戏院。后来，戏院闹鬼，死了几个人。戏院里的人便跑的跑，散的散。政府就把这里改成了学校。”

“戏院闹鬼？！”林绣绣想起了梦里的李绣娘。难道，叶灵真的是被鬼杀的？想到这里，她站起来往外跑去。

“绣绣，你去哪啊？”苏晓在后面追着问。

“我去找个人。”林绣绣头也没回地跑出了宿舍楼。

五、怨　　灵

林绣绣推开门的时候，里面正在打牌的几个男生惊呆了。几秒后，一个男生怯怯地问：“同学，你是不是走错宿舍了？”

“我……我找肖明风。”林绣绣脸一红，低声说道。

“你找神婆啊？神婆，有美女找你！”有男生怪声怪气地喊道。

肖明风从里面走了出来，手里拿着一面铜镜子。看见林绣绣，他也有些意外：“你怎么来了？”

“神婆，谈朋友要到没人的地方，别在宿舍啊！既影响哥几个打牌，哥们儿也影响你们啊！”

“就是，就是！”

肖明风干干地笑了笑，和林绣绣走了出去。

夜色下的校园，静谧如水。林绣绣和肖明风并肩走在林荫小道上，不知道的一定以为他们是约会的情侣。可是，他们的心情异常沉重。

“你一定想问那个女人吧？”肖明风说话了。

“李绣娘？你知道她？”林绣绣的心揪紧了。肖明风微微点了点头，目光中弥漫着水雾般的哀愁。

民国二十八年，凉州城来了一个戏班子，名曰——青竹。戏班子从安徽一带迁徙过来，先是在街上义唱，渐渐竟也唱出一点儿名气来。后来，凉州百姓一起凑钱盖了一座戏院。

青竹班里面以李绣娘和杜安合唱的《蓝桥会》最为著名，特别是李绣娘的表演，无论是翘首转身，还是轻吟浅唱，都让人无不为之动容。

后来，凉州几名富商看上了李绣娘的表演，于是，总是请她单独演唱。杜安渐渐被人冷落，有时候，几个月才能有一次上台的机会。在青竹班里，他和李绣娘原本是最般配的一对。以前，连班主都敬他几分，可现在，连班里跑龙套的都对他爱理不理。

所有的压抑和愤怒终于演化成了罪恶的计划，他对李绣娘的爱全部变成了恨，刻骨铭心的恨。于是，他计划了一个阴谋，让李绣娘坠入其中。最后，李绣娘被处死了，就在青竹班的戏院里。李绣娘死的时候，曾经诅咒杜安的后代永世不得安宁。

李绣娘死后，青竹班很快没落。班里的戏曲小生散的散，逃的逃。最后，便成了一座废墟。每到夜晚，便会有幽怨的哭声从里面传出来。再后来，戏院被重新整改，建成了现在的戏曲学院。

“叶灵是被李绣娘勾走的，她一定说了得罪李绣娘的话！”肖明风最后说道。

林绣绣忽然想起，出事的那天早上，自己曾和她说过梦见李绣娘的事。她当时的确是一脸不屑，可是，也不能因为这个便丢了性命啊！

“那天在操场上见你，我便看见你的背后有一个黑影，长发披散地跟着你，身上穿着破烂不堪的戏服，我便知道，你被李绣娘盯上了。所以，我才给了你一个纸蝶。”肖明风说道。

“那……那李绣娘会不会还来找我啊？”林绣绣想了想，问道。

“当然会，她的目标其实是你。”肖明风说。

“我哪里得罪她了？”林绣绣愣住了。

“你没得罪她，你的外公杜安得罪了她。所以，她要报仇啊！”肖明风说着叹了口气。

杜安，外公叫杜安？林绣绣从来没听妈妈说过外公的事情，难道这一切是真的？

六、旧　案

木屋建在山顶上，旁边是一片黑幽幽的松树林。草木蔓延在两边，把原本就窄小的土路全部遮掩住了。高成拿着手电往前晃了晃，整片松树林在光线的照射下，有一层黑色的水汽，显得神秘而阴森。

木屋里静悄悄的，如同坟墓般没有一丝声响。

高成轻轻推了推门，门“嘎吱”一声开了，仿佛一个垂死老人最后的一声呻吟。木屋的地面上铺满了松树叶，踏上去软绵绵的。高成打亮了手电，屋子里面一片死寂。所有的摆设，和以前一模一样。只是，陆伯已经不在了。陆伯去世后，这里便空了起来。因为是在山上，所以很少有人进来。

陆伯第一次带他去看小林花的表演时，他的神情，高成至今都还记忆犹新。回去的路上，他一直念叨着几个人的名字。

窗外，有树影在风里扭动。最后，高成的目光落到了床前的桌子上。

桌子上放着一些泛黄的旧书，一个破损的木框上还嵌着一张黑白照片。照片上的人都穿着民国时候的衣服，照片的下面写着一句话：民国二十五年，青竹班。

高成愣了愣，然后拿起了桌子上的几本旧书，铺在上面的灰尘立刻飞扬起来。旧书是一些佛经，全部是竖排的。高成简单翻了几下，刚准备放下，却发现佛经里竟然夹着几封帛纸信函。他小心翼翼地打开了第一封信：

陆班主，经查贵班李绣娘刺杀凉州大贾肖克之子一事，现警务厅已经确认。请恕兄台无能为力。

秦雨

高成想起，小时候陆伯带自己去看戏。他的眼里总是流淌着莫名的亲切感，唱到动情之处，他还会跟着轻轻吟唱。现在看来，陆伯原来曾是这个青竹班的班主。可是，他怎么会流落到乡下呢？还有，这个李绣娘刺杀凉州大贾之子又是怎么回事呢？

高成疑惑了几秒，又打开了第二封信。

绣娘，你的事情已成定局。想我一手把你带大，教你唱念做打，教你回眸甩袖，如今却又看着你魂归黄泉。一直以来，我都视你为亲生女儿。今天，是你的头七，整个青竹班都在为你默哀。杜安离开了我们班子，我们已经可以确信是他陷害你的。

你走后，秦雨兄一直都很自责，他认为是自己侦查不力。所以，你的冤魂一直不肯离开青竹班……

后面的字因为年代久远的关系，有些模糊不清。第二封信，竟然是陆伯写给李绣娘的七日祭。

现在看来，那个李绣娘是遭到杜安的陷害丢了性命。她是青竹班的台柱子，她死后，整个青竹班也就散了。陆伯也许是因为班子散了，心灰意冷，于是想到轻生，后来被高成的爷爷救了，便一直留在高家。

佛经里还有最后一封信，纸质不是帛纸，而是现在的稿纸。看到上面的话，高成惊呆了。

今天有戏班子来，这似乎复苏了我心底多年禁锢的记忆。特别是那个被人们拥戴的小林花，她唱的《蓝桥会》，分明是当年李绣娘的绝唱。她的一言一语，一颦一笑，抬手转姿，俨然是李绣娘的翻版。

可是，当年青竹班的绝技怎么会流传到外面呢？我托人去调查了一下，那个小林花，师承父亲。可是，让我怎么也没想到的是，他的父亲竟然是杜安。

当年，他害了李绣娘，拿了青竹班的戏谱离开了凉州。没想到，他竟然自己开了小林派。李绣娘死前说的诅咒，会不会也灵验呢？

陆伯没有写完，后面究竟发生了什么事？高成沉思了片刻，拿起那几本佛经，起身离开了

七、入　　梦

林绣绣怎么也没想到，这样的事情竟然会发生在自己身上。肖明风说他从小便有一双鬼眼，能看见别人看不见的东西。所以，他喜欢一些玄学佛神类的东西。大家都知道他的爱好，所以才管他叫“神婆”。

鬼眼，林绣绣曾经听人说过。那是一种介于阴间和阳世的眼睛，可以看见鬼魂亡灵。相传北宋良臣包青天便生得一双鬼眼，白天断阳间案，夜审阴世鬼。难道，肖明风真的有鬼眼?！想起他给自己的那只纸蝶以及后来发生的一切，林绣绣已经失去了判断能力。

推开宿舍门，苏晓正坐在床上看书。看见林绣绣，她放下书说：“绣绣，你一整天去哪了呀？担心死我了！”

林绣绣笑了笑，没说话，走到了自己床边。

因为叶灵的事情，两个人都显得很低沉。林绣绣躺在床上，迷迷糊

糊地睡着了。

苏晓下了床,轻声走到了林绣绣的床边。

“绣绣,你睡着了吗?”苏晓拉了拉她。

林绣绣没有动。

苏晓冷笑了一下,轻轻地凑到林绣绣耳边,缓声喊道:“李绣娘,李绣娘,李绣娘……”

一声接一声的“李绣娘”,在林绣绣耳边响了起来,仿佛有个扩音器似的越来越响,涟漪般慢慢荡漾。林绣绣想动,却怎么也动不了。

朦胧中,林绣绣看见李绣娘来到了一座豪华府邸。李绣娘提着戏裙,缓步往前走着。眼前的一切渐渐清晰,如电影一般。

“少爷在卧房等你。”一个下人笑了笑,对李绣娘说道。

“不是说听戏吗?怎么又到卧房了?”李绣娘有些疑惑了。

“少爷今天有点伤风,所以想在卧房听戏。”

推开卧房的门,李绣娘看见一个男人斜靠在床边,轻轻闭着眼睛,似乎在遐想冥思。

“肖少爷,绣娘有礼了。”李绣娘施了个礼,柔声说道。

床上的肖少爷依然没有动。

李绣娘慢慢走了过去。她轻轻推了推肖少爷,肖少爷身子一歪,竟然倒在了床上。锦缎的被子上一片嫣红。李绣娘这才发现,肖少爷的肚子上赫然插着一把尖刀。

门外,响起了一阵急促的脚步声。跟着,几名巡捕房的人走了进来……

林绣绣挣扎了一下,坐了起来。眼前的情景一点一点地明朗了,阳光透过窗帘洒进来,暖洋洋的。她的脑子里一片昏沉。昨天晚上,她只记得苏晓在自己耳边轻声唤着李绣娘。后来,自己便又做梦了。起身,她看了看上铺,苏晓已经不在了。

怔了几秒,林绣绣想起了什么似的,穿上衣服跑了出去。

刚下了宿舍楼,一辆警车开了过来。车窗摇开,里面的人探出了头,是上次问话的那个警察——高成。

“我正要找你。我……”看见高成,林绣绣不禁有些意外。

“上来吧,我带你去个地方。也许,你会知道你想知道的一切。”高成依然微笑着。

车子开出校园,大约半小时后停了下来。林绣绣看了看,眼前是一栋灰色的大楼,和八十年代的筒子楼有点像。

“走吧。”高成拍了拍她肩膀,往大楼里走去。

八、梦　园

推开门的时候,林绣绣愣住了。苏晓、肖明风、秦安竟然都在,旁边还站着一个穿白大褂的医生。

“王医师,这是林绣绣,人已经到齐了。”高队长冲着那个医生摆了摆手说。

“好,我们现在开始吧!”王医师点了点头,从桌子上拿起了一个本子。

“一直以来,我都在研究人类梦境的形成原因。当然,这个课题国外有很多专家都曾做过。最著名的便是心理学家弗洛伊德的《梦的解析》。他认为梦的构成……”

“你到底想干什么?我们可不是来听你演讲的。”肖明风急躁地打断了王医师的话。

“那好，我们直接进入主题。叶灵被杀案，经过法医鉴定，是他杀，杀人凶手高队长已经调查清楚。可是，高队长发现，叶灵的死其实和七十年前发生的一件曾经轰动整个凉州城的戏子李绣娘冤杀案有关。于是，他调查了一下。调查的结果是，在座的每个人大部分都和李绣娘的死有着不可剔除的间接关系。当然，这也是造成叶灵被杀的真正原因。”

“你胡说什么？什么李绣娘，我……我没听过。”肖明风忽然站了起来，大声道。

“肖明风，你的祖上曾是凉州大贾。当年，李绣娘正是因为被诬陷杀害了你爷爷的亲弟弟才被处死的。我想，你不会不知道吧？”高成冷冷地扫了他一眼。

肖明风怔住了，然后，低下了头。

“其实，你们对这件事应该都不陌生。高队长之所以让你们来这里，主要是想彻底了解你们的心病。所以，我希望在我接下来的催眠过程中，你们能尽量放松。”王医师微笑着说。

“催眠？”秦安愣住了。

“是的，这也是唯一能了解深埋在你们心头的那块心病的办法。”王医师说着，挥了挥手。旁边的助手推着一个车子走了过来。

“现在，我们开始吧！”王医师看了看高成，点了点头。

似乎是钟摆的声响，一点一点地敲在心头。高成凝着眉头，他看着眼前的四个人渐渐合上了眼皮。

隐约中，林绣绣又看见了李绣娘站在孤寂的舞台上，泪如雨下。旁边是一个老人，岁月在他的额头上刻满了风霜。他说：“绣娘，班主对不起你。”

黑暗中，一名巡捕走了过来，他的脸色也是黯然神伤："杜安已经跑了。可是，警务厅已经定了案。恐怕……"

"我不甘心啊！我李绣娘诅咒，我要生生世世留在青竹班，做鬼也不走。"李绣娘声嘶力竭地呼喊着。

高成看着林绣绣的表情越来越扭曲，仿佛有双手紧按着她的脖子一样。猛地，林绣绣坐了起来，眼睛睁得大大的，她忽然笑了，凄厉而绝望。

她的举动，甚至惊醒了其他本已沉睡的人。

几分钟后，林绣绣软软地倒在了地上。

"这究竟是怎么回事？我……我怎么了？"林绣绣虚弱地睁开了眼。

"现在，让我来解释这一切吧！"王医师扶起地上的林绣绣，坐到了一边。

"当高队长给我讲述这件案子的时候，我便想到，这应该就是国外学者提出的梦境环绕课题，也就是我们中国人说的前世今生。于是，我让高队长把你们几个人的资料详细调查了一下，包括死去的叶灵。

不过，毕竟是七十年前的案子，很多人都已经不在了。幸运的是，高队长的一位大伯，竟然是当年李绣娘所在的青竹班的班主。虽然他已经故去，可他留下了几封信函。

林绣绣，你的外公便是当年栽赃陷害李绣娘的杜安；肖明风，你的二爷便是当年被杀害的肖家少爷；秦安，你的爷爷便是当年一直努力侦破案子的秦雨。

李绣娘当年死的时候不甘心，留下了一股怨念。要知道，我们人类的精神和大脑本身就是无法参透的。所以，虽然过去了很多年，但李绣娘的怨念却依然存在。你们自己有时候看到的、梦到的东西，应该都是受了李绣娘怨念的影响吧!”

“这怎么可能?”听完王医师的述说,所有人都呆住了。

“当然不可能,那只是精神之说。真正促成叶灵被杀的,当然有人为的原因。”高成说话了。

九、真　　相

叶灵的死,的确和李绣娘有关。因为,叶灵的爷爷便是当初那个帮助杜安害死李绣娘的肖家下人。如果说,这是一次冤魂谋杀案,更不如说是一次梦境精神杀人案。

法医在叶灵的脖子上发现了属于苏晓的指甲屑。

苏晓杀人的动机,连她自己都不知道。她说只是恨,恨叶灵和林绣绣关系好,恨叶灵每天都开开心心的,更恨叶灵每天说自己多喜欢秦安。

可是,这些能够成为杀人的原因吗?连她自己都不知道,她杀害叶灵的过程,感觉就像做梦。梦醒了,叶灵死了。

法院审讯苏晓的时候,很多人都去了。有闻讯而来的记者,也有当年看过李绣娘表演的老人。

苏晓一直低头不语,似乎默认了所有的罪名。一直到法庭宣判的时候,她才大声喊了起来:“叶灵不是我杀的,是李绣娘杀的!我没有杀人!”

林绣绣站起来走出了法院,一起出来的还有一个人,肖明风。

“苏晓为什么要杀人?难道真是李绣娘驱使她吗?”林绣绣问。

“我宁愿相信,是她内心的仇恨导致李绣娘的怨恨转移到了她身上。王医师说得很对,人类的精神和大脑是无法参透的。如同我的鬼眼，它在叶灵死后，便再也没有了。”肖明风说着，往前走了。

林绣绣顿了顿，她不明白，如果李绣娘要报仇，为什么不找自己，却杀了叶灵？也许，这只是巧合吧！

她刚往前走了一步，一辆轿车迎面而来，刺耳的刹车声，让林绣绣呆住了。电光火石间，她看见李绣娘的脸鬼魅地出现在自己眼前……

夜半钢琴

沈阳唐伯虎

一、招租启事

1952年夏季的一个下午，上海市虹口区以北的一栋三层洋房前，两名提着藤条箱的男人正对着欧式铁栅栏门旁边贴的一张告示议论纷纷。有好事者走上前去看，原来是一张招租启事：

屋主系中年女性，美国归来继承此房产，因年老生计无着落，故出租此栋洋房卧室共计四间，租客男女不限，每人限租一间，月租金三十元整。若租客为浙江奉化、龙游、江山县的单身男士，且年龄在三十五至四十岁之间，则可减免租金七成，每月十元整。有意者请于早七点至晚七点之间按门铃面洽。

这则奇怪的招租启示引起了不少人的议论。那提着藤条箱的男人说："月租金三十元，还真够贵的。不过要是能免掉七成，那就便宜很多了。"

另一个提箱子的男人回答道："可问题是我们并不是奉化、龙游和江山县人啊！这屋主还真奇怪，为什么只有这三个县的人才能减免租金？”

“也许是对这几个地方的人有特殊感情吧。”

“那我们可以冒充这三个县的人啊！咱们是临安人，口音也差不多。”

在旁边看热闹的路人接过话头说：“没用的！这屋主是个六十几岁的老女人，聪明得很，这些天有好多想冒充的浙江外县人都被她给揭穿了，你们想都不要想喽！”

两人互相看了看，都摇摇头，悻悻地离开了。

下午五点多时，有个三十几岁的男人走到洋房门前，看了看招租启事，随后按动门铃。半分钟后，洋房大门打开，一个约六十岁的妇人走出来，隔着栅栏门问道：“是你按门铃吗？请问有什么事？”

“我叫李正中，就在附近的邮局上班，是浙江奉化县人氏，想在附近租个房子，刚好看到这个招租启事，就……”男人话还没说完，老妇人已经取出钥匙打开栅栏门上的锁，将男人迎了进来。男人提着皮箱穿过整洁宽敞的院子，走进洋房大门后四下打量，见客厅内设施齐全，只是有些陈旧之气。

老妇人倒了两杯茶，说：“我姓林，这房子是我一个远房亲戚的。解放后他去了台湾，这里也有三年多没住人了，多少有些霉味。我从美国回来养老，这里空荡荡的没个生气，我又没有收入，所以只好出租。对了，你是奉化南村人吧？”

李正中非常惊讶：“您怎么知道？您也是奉化人？可听口音不像啊！”

“我有亲戚是奉化人，他们的口音我太熟悉了。”林老妇不动声色地说。

“哦，怪不得您能听出来，我确实是南村人。”李正中答道。

林老妇又询问对方的个人情况，李正中说他解放前在上海市政局工作，解放后调动到邮局，薪水少了很多，但乡下老家太穷，为了在大城市混口饭吃，也没办法。

李正中很有礼貌地问：“我能看看您要出租的房间吗？”

林老妇点点头，带着李正中上楼看了房间，他基本满意，当场掏出三十元作为定金，先租三个月。次日又有一名叫陈萍的年轻女孩住进三楼，这女孩性格开朗，为人真诚善良，很喜欢笑，而李正中则为人随和，很有绅士风度，单身男女住在一起免不了说说笑笑，平日里死气沉沉的小洋楼也有了些生气。林老妇每天早晚都会把饭做好，三人准时到餐厅吃饭。

一转眼半个月过去了。这天深夜，陈萍在卧室看了一会儿《蝴蝶梦》，十二点多时，她伸了个懒腰关掉台灯，翻身准备睡觉。就在这时，她隐约听到从楼下传来了钢琴声。

陈萍感觉很奇怪，她知道二楼客厅有一架旧的意大利钢琴，上面落了很多灰，平时根本没人碰。可这么晚了，会有谁还去弹钢琴呢？她很好奇，于是轻轻翻身下床打开房门，慢慢沿木板楼梯向下走。

二、夜半琴声

钢琴声越来越清晰，弹琴的人仿佛完全不懂音律，弹出来的声音根本不成调，就像随手乱弹的，可节奏整齐，看来弹琴者很认真。陈萍心存疑惑地走到二楼拐角，钢琴声忽然停止，似乎凭空消失了，又好像从未响起过。她壮着胆子走到客厅，借着窗外昏暗的月光，看到钢琴前并没有人，但琴板翻开，显然有人刚才还坐在这里。

陈萍这才开始感觉有点儿害怕，连忙转身跑回三楼关好房门，心怦怦地跳得厉害。

第二天早晨，陈萍发现平时一向很准时的李正中没来吃饭，随口问林老妇，她也说不知道。陈萍回房间时特意看了看客厅的那架钢琴，琴键板不知什么时候已经被盖好了。

晚饭时李正中同样没回来，一连数天，这个人仿佛从空气中消失了，完全没了踪影。也许是临时退掉了房间，回老家去了，陈萍这样瞎猜着。

几天后又有新租客搬进来，名叫戴远平，浙江省江山县人，也是个单身汉。此人与之前的李正中性格完全相反，他不苟言笑，一连几天也难和林老妇或陈萍说上几句话，而且为人小气，但作息时间极有规律，每天按时起床、吃饭、出门，下班回家的时间误差几乎不超过五分钟。陈萍正值青春年少，单身在外很是寂寞，遇到这种闷葫芦式的小气男人，令她非常郁闷。

戴远平搬来半月后的一个深夜，陈萍正睡得不踏实，蒙眬中听到楼下又隐约传来了钢琴声。她醒了，迷迷糊糊看看闹钟，十二点十六分。她坐在床边听了一会儿，这钢琴声同样是乱得不成调，但和前段时间那次听到的又有所不同。陈萍轻轻拉开房门，钢琴声若有若无地从楼下飘上来，钻进她耳朵里。

陈萍的心又提到了嗓子眼，她有些害怕，但强烈的好奇心最终战胜了恐惧。她慢慢走出卧室，光着脚悄悄下楼，钢琴声越来越近，怪异的音调，整齐的节奏，在寂静的洋楼中响起，显得愈发诡异。陈萍的身体微微颤抖，走到客厅拐弯处时，她把身体紧贴在墙壁上，悄悄探出半个脑袋去偷看。

钢琴前坐着一个人影，正在专心致志地弹奏，从背影判断，很像那个令人生厌的戴远平。他弹得很认真，可陈萍完全听不出音律，她甚至从没听过这么难听的钢琴曲。

弹了五六分钟，那人停住不弹了，过了几分钟又开始弹起来，陈萍能听出曲子在重复——那人又重新弹了一遍这首难听的曲子。

这是为什么？就在她心生疑惑时，突然瞥见斜对面走廊里的门慢慢打开，那是房东林老妇的卧室。陈萍连忙抽身往回走，慌乱中在楼梯上绊了一跤，钢琴声戛然而止。陈萍也顾不了那么多，一口气跑回自己房间，锁好门躺在床上，用被子蒙住脑袋连大气也不敢出。

次日早晨，戴远平没来吃早餐，这可是他自搬来后的头一回。陈萍回想起上次李正中的事，于是开口问林老妇："林阿姨，那个戴先生怎么没来吃饭？"

林老妇边吃饭边说："我怎么知道？我只是房东，又不是他的保姆！"

晚饭时分，戴远平仍然没回来，陈萍终于忍不住又问："昨晚您听到有钢琴声了吗？"

"什么钢琴声？"林老妇垂着眉吃东西，毫无反应。

陈萍觉得很不可思议："就在昨晚十二点多钟，有人偷偷跑到二楼客厅里去弹钢琴，难道您没听见？"

"那架钢琴是几十年前的旧货，琴键和琴簧早就坏掉了，根本弹不出声音，怎么会有人大半夜去弹它？我看你是青春少女在做思春梦吧？"林老妇用嘲笑的口气说。

"我还没到那个地步！"陈萍的脸涨得通红，她放下筷子，"我现在就去弹给你看!”说完便飞一般跑上楼。林老妇并不生气,仍然慢吞吞地喝着米粥。

陈萍跑到二楼,一把掀开琴板就去按琴键。奇怪的是,琴键只发出“嘭嘭嘭”的闷响,显然根本没有琴簧和击锤。她简直不敢相信,双手用力猛压琴键,仍然没用。

她一屁股坐在椅子上,大脑一片混乱,几分钟后,她才起身慢慢下楼坐回餐桌旁。林老妇用餐巾擦了擦嘴,微笑道:“怎么样,是我老糊涂了,还是你在做春梦?”

陈萍木然地拿起筷子继续吃饭,心里怎么也想不通。

三、奇怪味道

两天后,陈萍经常会莫名其妙地感到头晕恶心,却找不出病因来。吃饭的时候林老妇看出她的异常,随口问了一句,陈萍如实回答,林老妇“哦”了声,脸上出现了似笑非笑的复杂神色。陈萍开始没在意,后来忽然明白她的意思,顿时脸涨得通红,气得摔下筷子,饭都没吃完就回卧室了。

林老妇一向吃斋念佛,这天她又从街上买了一大捆藏香回来点燃,气味充满整栋洋楼。虽然这味道让人闻了有昏昏欲睡之感,但陈萍却发现自己居然不再头晕恶心了。

这天又搬来一个男人,此人健壮英俊,浙江龙游县人氏。林老妇在接待他时,脸上仿佛有一种若有若无的喜悦感,陈萍见了帅气男人本来就走不动路,这下自然也十分高兴。在交谈中得知对方叫龙飞,在市自来水公司跑外勤,为了外出方便,他选择了一楼的卧室。

这天晚上闲来无事,两人结伴去外面散步。边走边聊中,龙飞很自然地用手揽着陈萍柔软的腰，陈萍感到身体好像触电了似的，既紧张又舒服，甚至还有种微微的眩晕。

龙飞说道："阿萍，为什么我总感觉这栋洋楼很奇怪？"

"为什么？哪里怪？"陈萍心中一动。

龙飞说："听说有两任租客都是不到半个月就突然搬走了，会不会这房子有什么不干净的地方？"

陈萍咬了咬嘴唇，说："其实……其实他们不是突然搬走，而是突然失踪了！"

"什么？"龙飞惊讶地问，"你怎么知道？"

陈萍就把事情简单说了一遍。龙飞沉吟片刻，说："我对这栋洋楼暗暗作了调查，从一楼到三楼总共十四个房间，只有二楼紧邻客厅的那个房间不知道是做什么用的。而且有时我以找你为名，偷偷从那个房间门口经过时，会从门缝里闻到一股很奇怪的味道，虽然很淡，但仍然嗅得出来。"

这番话让陈萍的满腔柔情全都消失，她立刻联想起前段时间自己会无缘无故地头晕恶心，再加上林老妇点燃藏香后症状即刻消失，心里越想越怕，脸色也开始发白。

"你别紧张，也许只是我个人的猜想。现在时局还不算太稳定，人心浮动，临时搬家也很正常。"龙飞安慰她道。

转过天龙飞出差去天津，要五天后才回来，陈萍这几天像失了魂似的，吃什么都没味道。天气越来越热，这两天都在刮大风，将藏香的烟气吹散不少，陈萍似乎又开始感觉头晕了。入夜，她睡不着觉，脑子里除了思念龙飞，还想到他说的那些话，于是鬼使神差地翻身下床，光着脚悄悄走出卧室摸下楼去。

客厅空无一人，虽然窗户都关得紧紧的，但外面的风仍然刮得窗框不时作响。陈萍慢慢走到客厅紧挨着的那个房间门前，伸手去推发现锁得很牢。她从门缝向内看，黑黢黢的什么都没有，再用鼻子用力嗅，果然有股明显的异味，像死猫死狗发出的腐烂味道，说不出的难闻。

陈萍胸口发闷，她似乎联想到了什么，抽身想往回走，脚似乎踩到了什么东西。低头一看，地板上有一些发黏的液体，弯腰仔细看，是从门缝里流出来的，她用手指蘸了点儿凑到鼻尖一闻，差点没吐出来——强烈的尸臭味。

她再也不敢逗留，捂着嘴转身就跑，却发现一个人影赫然站在楼梯口处！她吓得“啊”地大叫起来，只见这人影手里握着烛台，低沉着嗓音问：“你在找什么？”

声音很陌生，陈萍没听出是谁，但也吓得脚都软了，她语无伦次地说：“我……睡不着，来看看那……那架钢琴！我这就回去睡……啊——”

没等她把话说完，人影疾步上前高举烛台猛砸下去。

龙飞风尘仆仆地出差回来，没看到陈萍的身影，去三楼敲门时却发现房门紧锁。他连忙去找林老妇，林老妇叹了口气，说：“现在的年轻女孩真是太不懂事了！前天硬说我这洋楼里有鬼，搞得她头晕恶心，偏要搬走。我看明明是她做了见不得人的事，却往我的房子上面赖！”

“什么？陈萍搬走了？”龙飞十分疑惑，但也不好说什么，毕竟他对陈萍也不算太了解，甚至不知道她工作的地方在哪里。

四、三段曲谱

三天后的深夜。

落地钟刚敲过十二点，从二楼传来一阵隐隐的钢琴声，音调很是诡异，不成音律。

一个黑影手持烛台，慢慢推开二楼左侧走廊的第三间房门，从里面走出来，光着脚轻轻朝客厅走去。

有人正坐在钢琴前认真地弹着，黑影慢慢走到客厅前，那人忽然停住手。黑影低沉着嗓音问道："怎么不弹了？"

弹琴者慢慢转过头，对隐藏在阴影中的人说："你终于来了。"

"你在弹什么？"黑影又问。

弹琴者笑了："装成这种嗓音很辛苦吧？还是本来的声音听着习惯。"

黑影又换了种声调："也对，在你面前，也不需要这样。"正是林老妇的声音，"你是林敬彬的什么人？"

弹琴者道："保密局上海站少校副官兼机要秘书——龙飞虎！"

林老妇喜出望外："果真是你！这曲谱是我丈夫交给你的吗？"

"是的，"龙飞虎说，"当初上海沦陷时，站长要连夜赶往机场去台湾，当天他老人家亲手将曲谱交给我，并命令我必须在一个小时内记牢，随后就烧掉曲谱。站长还说等几年后共产党防范略松之时，我就可以换个身份潜回大陆，这栋洋楼的二楼有架钢琴，只要弹出正确的曲子，就能……"

林老妇急切地问："就能什么？"

龙飞虎道："就能得到可让蒋先生高兴的东西。"

林老妇激动得浑身颤抖，却又突然想到了什么，忙问："你刚才把曲子都弹完了吗？确定没有弹错？"

"当然不会！我就算记错了自己姓什么，也绝不会弄错曲谱！"

“可是，好像并不起作用！”林老妇焦急地说。

龙飞虎站起来，说：“那就要问你了，站长夫人。”

林老妇“嘿嘿”一笑：“你不知道，当年我那老头子把曲谱分别交给了三个人。”

龙飞虎大惊：“什么？站长将曲谱复制了三份？”

“不是复制，而是分割，”林老妇笑着说，“为防止你们起异心，他将曲谱拆成三段，分别交给了三个最值得信任的心腹——少校副官、中校副站长和中校情报处长。只有将这三段曲谱连起来弹，才会起作用！”

龙飞虎恍然大悟：“原来是这样，怪不得我弹完曲子没有任何反应！站长还真是名不虚传，对自己的心腹也留了一手！”

“狡兔三窟，这个道理你懂的，”林老妇道，“现在我们可以动手了。”

“可是另两段曲谱还没拿到啊！”

林老妇哈哈大笑：“陈萍那蠢丫头应该和你说过吧？我这里曾经失踪过两个男租客，他们一个是奉化县人，另一个是江山县人。”

龙飞虎脱口而出：“戴副站长和李处长？”

林老妇点了点头：“没错，就是他们。这两个人动作比你快，但并不是什么好事，因为死得也快。”

“你……你把他们都给……”龙飞虎指着她说。

林老妇“嘿嘿”笑着掏出一张纸递给龙飞虎：“天气太热了，要是在冬天，那陈萍也不会经常感到头晕恶心了。”

龙飞虎接过纸，对着月光一看，确是两段用数字记成的曲谱。他欣喜地说：“原来你都给记下来了，太好了！”

林老妇看了看旁边的落地钟：“快弹吧，还有不到十分钟了。”

"什么意思？难道还有时间限制吗？"龙飞虎疑惑地问。

林老妇笑道："你们都不知道吧？这机关和落地钟是相连的，只有在午夜十二点十五分至三十分之间弹奏曲谱才有效。"

龙飞虎佩服得五体投地，同时也暗暗庆幸自己是最后来的，不然死的两人中就有他了。他迅速坐回钢琴前开始弹奏，三段连续弹完之后，忽然厅中响起"轧轧"的声音，客厅左侧的书架向右侧滑动，露出里面黑黢黢的暗道。

两人都激动不已，林老妇连忙点燃烛台上的蜡烛，龙飞虎掏出手枪查看里面并无埋伏后，两人先后钻进暗道中。

五、我是龙飞

这暗道修得极为巧妙，是利用客厅和房屋之间的夹缝形成窄道，其宽度只够成年人侧身而行，拐过一个弯后，来到一间不足三平方米的暗室。

龙飞虎暗暗叫绝，从距离和位置判断，这里应该是二楼储物间的后身，那储物间内堆了很多大酒桶，足足占了半间屋子，龙飞虎原以为至少有几十个酒桶，现在看来，其实只有最外面的一排是真正的酒桶，而藏在后面的都是假酒桶，半个储物间则是这个暗室。

暗室内堆了很多木箱，龙飞虎费力地掰开其中一只木箱的木板条，拆开里面的油纸，金灿灿的金条在烛光的映照下发出耀眼的光芒。

"金条，全是金条，至少有几千根！"龙飞虎惊喜不已。

林老妇轻轻摸着木箱中的金条，说："太好了，有了这些金条，才能买到大量炸药，才能雇到不怕死的人，才能将上海炸成火海！"

龙飞虎环顾四周，暗室内除了装金条的木箱和一尊观音像之外，什么都没有了。他问:“另一样东西在哪里?”

林老妇说:“上海沦陷时我还在美国,丈夫曾给我打过电话,他只要我牢记一句话——净瓶观音大士像可助国民党成功。”

“净瓶观音大士像可助国民党成功?”龙飞虎反复念着这句话,再看看暗室角落里那尊手托净瓶的观音像,“难道和这观音像有关？应该把那净瓶取下来!”

林老妇看了看他:“你不是要我这老太太爬到那底座上去吧?”

龙飞虎笑了,双手在底座上一撑,纵身跳到一米多高的底座上,伸手摘下被托在观音大士右手中的铜质净瓶。

“噗”!

两股绿烟由观音像眼睛中喷出,正好打在龙飞虎的脸上,他闷哼着从底座上摔下来,扭了几扭就不动了。

林老妇弯腰探了探他的鼻息,这才放心地“嘿嘿”笑了。她伸手捡起滚落一旁的净瓶,瓶底分为三层,每层都有十个数字,原来是个密码锁。林老妇边拧边自言自语:“五——二——六,五月二十六日,我就是在那天让你上了我的床……你这个老东西,呵呵!”

很快,净瓶底部弹开,一颗蜡丸掉了出来,林老妇用力拧碎蜡丸的封蜡,里面是一块叠得紧紧的白布,林老妇将白布展开,上面密密麻麻写了很多字。林老妇边看着,脸上边露出笑容,这是林敬彬安插在上海的一百二十名死忠特务的名单和住址,另外还有炸毁上海的行动细节。

林老妇笑得脸上的皱纹都开了,她把白布收进怀里,看了看躺在地上的龙飞虎的尸体说:“幸亏我不用再在这栋破房子里住了,不然还得费力气把你抬出暗室,放到那间屋子的石灰棺材里去。再见了,龙副官！炸毁上海后,我会为你多烧些纸钱的!”

她转身向外走，突然右脚踝被一只大手猛地抓住。林老妇大惊，她连忙侧身扭腿，同时用手中烛台猛砸，显然是练过功夫的人。

抓她的人早有防备，手腕一抖将林老妇摔翻在地，顺手从木箱中抽出一根金条猛掷过去。

“啪”！沉重的金条击中林老妇面门，打得她额骨开裂，大叫着瘫倒在地。

龙飞虎从地上爬起来，拍了拍衣服上的灰尘，对林老妇说：“你不知道我练过闭气功吧？”

林老妇张了张嘴，没说出话，就睁着眼睛咽了气。

龙飞虎从她怀里取出白布收好，哈哈大笑道：“还有一句话，可惜你再也听不到了——我不是什么龙飞虎，我潜伏在保密局上海站十年，就是为了今天，我的名字叫龙飞！”

女神的圈套

轩　弦

出场人物一览表

杜贤云(22岁)F大学大四学生。

丁子仲(21岁)F大学大三学生。

裴尚峰(21岁)F大学大三学生。

彭海明(20岁)F大学大二学生。

韩若寻(30岁)L市某政府部门的公务员。

司徒门一(27岁)神秘的旅行者。

慕容思炫(21岁)我们的大侦探。

花语若(19岁)F大学大一学生。

注一:括号内数字为以上人物2009年的年龄。

注二:本篇小说的凶手,就出现在以上人物一览表中。

插曲之一　女神的噩梦

躺在床上的是一个娇美动人、容貌清丽的少女。

此刻她的身体无法动弹，她望着床前那三个神情如饿狼一般的男人，脸上掠过了一丝惊慌的神情。

不仅是惊慌，简直是绝望，死一般的绝望。

三个男人中，其中一个五官丑陋，戴着一副样式老套的黑框眼镜。此时只见他咽了口唾沫，喃喃地说："我已经准备好了。"

其他两个男人同时吸了口气，但都没有说话。

眼镜男咬了咬牙，走到少女跟前，"哧"的一声扯破了她的衣服。霎时间，少女那雪白而柔滑的肩膀在三个男人面前展露无遗。

"啊——"少女绝望地嘶吼。

然而她的叫声没能阻止眼镜男的禽兽举动。

片刻，眼镜男软倒下来，呼呼喘气。

接下来，一个身材臃肿、满脸肥肉的男人走了过来。

少女一脸泪痕，头发散乱的她，望着天花板，半张着嘴，喃喃自语，怔怔出神，如疯子一般。

肥胖男停下以后，第三个男人走过来，那是一个身材高大的瘦子。他刚才一直拿着一台 DV，拍摄着对少女来说犹如身处地狱的场面。此刻只见他把 DV 交给眼镜男，接着便迫不及待地把少女拥在怀里……

瘦子之后又轮到眼镜男，与此同时肥胖男也在一旁虎视眈眈、跃跃欲试。噩梦重复上演，竟持续了近两小时！少女终于心力交瘁，脑袋一阵晕厥，两眼一黑，失去了知觉。

一、舞　　台

慕容思炫来到迷雾山山顶的那栋别墅前方的时候，已经是傍晚六点多了。这时候，天空黑茫茫的一片，乌云缓缓移动，密密麻麻，似乎将向大地挤压下来，要把人类毁灭一般。

慕容思炫走到别墅的大门前。那是一栋三层高的别墅，外墙是灰白色的，边上长满了杂草，看样子这里荒废已久。

慕容思炫舔了舔嘴唇，在大门上拍打了几下。数十秒后，大门被打开了，有一个人从门后探出头来。

一看到那个人的容貌，慕容思炫那对向上斜飞的眉毛轻轻一蹙，稍微怔了一下。那是一个二十六七岁的男子，虽然是男子，但他的面容却清秀至极：双眉细长，眼眶尖锐，长长的眼睫毛轻轻颤抖，两眼闪烁着冰冷的光芒，鼻梁高挺，双唇渗透着一丝苍白。他的一头黑发微卷，几根发丝在眼前微微晃动，两耳在秀发中若隐若现，其中右耳上还钉着一颗颇为夺目的黑宝石。他穿着一件以绒布所制的黑色衬衣和一条纯黑的西裤，穿着看上去十分得体。

慕容思炫紧紧地盯着那男子的面容，没有说话。男子嘴角一扬，淡淡一笑："欢迎光临。你只有一个人吗？怎么会来这荒凉的地方？"

慕容思炫咬了咬自己左手的大拇指，面无表情地说道："我爬山，迷路了。"

"原来如此。"男子微微抬头，向那乌云密布的天空望了一眼，接着说，"快要下大雨了，你快进来避雨吧。"

男子说罢，转过身回到屋里。慕容思炫没有答话，紧跟着他走了进去。

事实上，慕容思炫之所以来到这里，并不是因为爬山迷路了，而是因为他收到了"活尸"的短信。

"活尸"是一名智商极高的犯罪者，他无视法律，视人类为玩具，把杀人当游戏。然而他从不亲手杀人，只是常常设定一些匪夷所思的陷阱，让猎物自己掉进来，自取灭亡。

慕容思炫曾跟他几次交手，每次都不分胜负。虽然碰头数次，但慕容思炫却从来没有见过“活尸”的真面目。而在昨天，“活尸”给慕容思炫发了一条短信，其内容是：“明日傍晚六点，请到迷雾山山顶的那栋荒废的别墅中一聚，届时我将以真面目出现在你的面前。请单刀赴会，否则约定取消。——活尸”

慕容思炫读罢短信，毫不犹豫地决定赴约。然而真的要独自赴约？是的。一来，他是一个独来独往的人，不喜与人为伍；二来，他不仅智商极高、反应奇快，而且身手敏捷，精通各种格斗技巧。正所谓艺高人胆大，即使是凶险万分的龙潭虎穴，他也不会放在眼里，何况只是区区一个罪犯？

“他把我叫到迷雾山山顶有何目的？”这是慕容思炫唯一稍感迷惑的问题。

“对了，你叫什么名字？”那面容清秀的男子转过头来向慕容思炫问道。

“慕容思炫。”慕容思炫冷冷地说。

“哦？你也是复姓？”男子轻轻一笑，“我叫司徒门一，我是一名旅行者。今天经过这里的时候，天空忽然阴沉了下来，似乎快要下雨了，于是我便进来避雨，顺便休憩。对了，在我进来以前，这里已经来了四位年轻人，我带你去见一见他们吧。”

慕容思炫随司徒门一走进别墅的内厅，果然看见有四个二十出头的年轻人，他们都坐在那些残旧不堪的家具上，正在玩扑克牌。

“又有一位新朋友加入我们的避雨队伍喽！”司徒门一向那四人说道。

四人中一位打扮斯文的男子朝司徒门一和慕容思炫望了一眼，放下扑克牌，站起身子，走到两人跟前，向慕容思炫展露出一个友善的笑容："你好哦，你也是进来避雨的吧？司徒先生跟你介绍我们了吗？我们四个都是F大学的学生，今天相约到这里爬山，后来看到天色灰暗，估计马上要下倾盆大雨，所以进来避雨。对了，我叫彭海明。"

慕容思炫"哦"的一声，还没答话（事实上他没打算要回答），另一个大学生用抱怨的语气说道："彭海明，跟陌生人说那么多干吗？快过来玩扑克吧，到你出牌了。"

慕容思炫向那大声说话的人瞥了一眼，那是一个个子高大的瘦子，神情浮躁，身上穿着一件样式老套的灰色T恤衫。

"来啦！"彭海明向那瘦子应答了一声，对慕容思炫说道，"那位是我的师兄，裴尚峰，他的脾气有点儿急躁，你不要介意。"

接着，慕容思炫和司徒门一随彭海明走到裴尚峰等三人跟前。彭海明对司徒门一和慕容思炫说道："对了，司徒先生，还有……嗯……"

"他叫慕容思炫。"司徒门一说道。

"嗯。"彭海明点了点头，"还有慕容先生，要不你们也一起玩吧？"

司徒门一向桌面上的扑克牌扫了一眼，说道："你们是在玩锄大地吧？只能四个人玩吧？"

他话音刚落，坐在裴尚峰旁边的一个男子站了起来，低沉着声音说道："你们玩吧，我不玩了，我饿了，吃东西去。"

慕容思炫向那男子望了一眼，原来是个胖子。他一脸肥肉，身材臃肿，看上去像个气球似的。然而他说起话来却细声细气，跟他的体形极不相称。

"他叫丁子仲，跟裴尚峰是同班同学，也是我的师兄。"彭海明望着胖子的背影，向慕容思炫和司徒门一介绍道。

“那么他呢?”司徒门一向剩下的那位大学生望了一眼。那个大学生坐在裴尚峰对面，长了一张国字脸，丹凤眼，扁头鼻，其貌不扬，脸上最惹人注目的是那个镜片极厚的黑框眼镜，以及那一脸无比忧郁甚至是带上了绝望意味的神情。

“他叫杜贤云。”彭海明说道，“他是大四学生，在我们四人中年纪最大。”

“嗯。”司徒门一点了点头。

“急躁无礼的裴尚峰，怪声怪气的丁子仲，沉默忧郁的杜贤云，这几个大学生中，最正常的恐怕只有热情健谈的彭海明了。”慕容思炫心想，尽管他自己也是一个孤傲无礼、性格怪异、说起话来毫无抑扬顿挫的怪人。

这时候，忽然一阵缓慢而有力的拍门声极富节奏地传来。

“又有人来了。”司徒门一说道。

“我和你一起去看看吧。”彭海明说。

司徒门一点了点头，和彭海明一起向别墅大门走去。慕容思炫扭动了一下脖子，跟在两人身后。走到大门前，司徒门一把门打开，只见门外站着一个三十岁左右的男子。慕容思炫刚向那男子瞥了一眼，忽然“刷”的一声，天下起了大雨。

(“所有猎物都到齐了，”复仇者狠狠地咬了咬牙，心想，“复仇之火已经熊熊燃烧起来了，正义的审判即将开始!”)

二、死　亡

雨是在一瞬间下起来的，除了那黑压压的乌云外，没有其他先兆。

仅仅数秒工夫，雨已倾盆一般，大得惊人，哗啦哗啦的雨声，像是一头凶猛的巨兽在嘶吼。它，似乎想把整个世界吞噬。

从屋外走进来的男子回头一望，微微一惊，喃喃地说："刚好赶上了。"

"对呀，你的运气真不错呢！"司徒门一淡然一笑，"快进来吧。"

那男子"嗯"了一声，回过头来，淡淡地说："谢谢。"

这次慕容思炫看清楚了，那男子身高一米九左右，瓜子脸，鹰钩鼻，身材瘦长，一副气度雍容、风度儒雅的潇洒模样。他穿着一套白色的运动衣，肩膀上背着一个暗蓝色的 Nike 气囊背包，此刻在屋里的众人中，只有他看上去最像是来登山的。

接下来，男子向司徒门一、慕容思炫和彭海明介绍了自己。他说他叫韩若寻，是一名公务员，今天独自一人登山，没想到遇上暴雨，刚好看到附近有一栋别墅，便马上进来避雨。

彭海明也给韩若寻简单地介绍了此时屋里众人的情况：杜贤云、丁子仲、裴尚峰和他都是 L 市 F 大学的学生，他本来跟杜贤云和裴尚峰并不认识，而丁子仲也只是他同学的朋友，见过几次，并不熟识。今天中午他百无聊赖，在学校游逛，来到学校大门的时候，看到丁子仲跟杜贤云及裴尚峰（当时彭海明还没认识其余两人）整装待发，便问他们要去哪里，丁子仲说要到迷雾山登山，他刚好闲来无事，于是提出想加入登山活动。

来到迷雾山山顶的时候，已经是下午四点多了，这时天色竟沉了下来，似乎快要下雨，于是四人走进这栋看上去荒废已久的别墅中休息。不一会儿，一位自称旅行者的男子也来到别墅，他说他的名字叫司徒门一。再过一会儿，慕容思炫也来了。

四人边走边谈，回到内厅，只见杜贤云正在擦拭着他的那副厚重的黑框眼镜，裴尚峰正站在窗边望着大雨怔怔出神，而丁子仲则从背包里拿出了一些饼干和面包，正在大口大口地享用。

“这雨呀，看样子还要下好一阵呢。”彭海明向慕容思炫、司徒门一和韩若寻三人说道，“你们要不要先吃点儿东西？我们可是带了充足的干粮哦！”

“好呀！”韩若寻笑着点了点头，“反正我也有点儿饿了。”

“要不咱们一边玩扑克牌，一边吃东西吧。”司徒门一建议道。

“扑克牌？”韩若寻向司徒门一望了一眼，“是赌博吗？”

司徒门一呵呵一笑：“只是娱乐。你放心，我明知道你是公务员，怎么会叫你参与赌博呢？”

“嗯。”韩若寻点了点头，朝窗外望了一眼，轻轻叹了口气，说道，“雨越下越大，说不好今晚我们要留在这里过夜呢。”

“我们要玩什么好呢？”彭海明说道，“这么多人，就玩不了斗地主了……对啦！要不咱们来玩杀人游戏吧！”

杜贤云、丁子仲和裴尚峰三人，听到“杀人游戏”四个字时，脸色竟在刹那间不约而同地阴沉了下来。彭海明却没有注意到这一点，不等众人回答，接着又说：“不过我们的人数好像不够呢，七个人，一个当法官，剩下的六个人可玩不了警匪版，看来我们只能玩只有杀手和平民的初始版了。”

他刚说完，杜贤云忽然站了起来，把脸上的黑框眼镜轻轻往上一推，低沉着声音说道：“我不想玩，我累了，到二楼找个房间睡一会儿，你们九点上来叫我。”

“不行！”彭海明说道，“你走了，我们的人数就更不够了，连初始版也玩不了啦……”

彭海明还在说话，杜贤云却瞧也没瞧他一眼，提起自己的背包，转过身子，径自走上了二楼。

彭海明轻轻“哼”了一声，嘀咕道：“真是怪人！”

“别管他了！”司徒门一说道，“来，我们来玩杀人游戏吧，初始版最少需要六个人参加，而我们刚好有六个人。”

“可是……”彭海明搔了搔头，“还需要一个法官呀。”

司徒门一轻轻一笑：“没有法官也能玩，我教你们。”

接下来，丁子仲、裴尚峰、彭海明、韩若寻、司徒门一和慕容思炫，便在别墅一楼的内厅里玩起了杀人游戏。在游戏的过程中，慕容思炫发现韩若寻和司徒门一这两个人的智商都是极高的，脑袋的运转速度也是极快的，他们当平民的时候，只要杀手在发言中露出一丝破绽，他们便能立即发现；而在他们当杀手的时候，假装平民的演技以及编造谎言的技巧，都可谓是天衣无缝。几场游戏下来，基本上就是慕容思炫、司徒门一、韩若寻三人三足鼎立，轮流控制局面，至于丁子仲、裴尚峰和彭海明，便如三个跑龙套的一般，屡战屡败，玩得兴致索然。

更可怕的是，根据慕容思炫的推断，韩若寻和司徒门一虽然在游戏中的表现出神入化，但他们跟自己一样，都隐藏了真正的实力。

不知不觉中，六人玩了近两小时。当前是一个三人局，幸存的人是慕容思炫、司徒门一和韩若寻。经过发言，慕容思炫和司徒门一合力把韩若寻杀掉了，然而平民方并没有获得胜利，因为这一局的杀手是慕容思炫。

“嗯……”彭海明看了看手表，说道，“快九点啦。杜贤云不是让我们在九点的时候把他叫醒吗？”

丁子仲咽了口唾沫，声音微微颤抖："那……那你去把他叫醒吧。"

"好！"彭海明点了点头，向丁子仲望了一眼，"你怎么啦？你的脸色不大好。不舒服？"

丁子仲摆了摆手："没事儿，可能是饿了。你快去吧。"

"好的。"

彭海明刚站起来，慕容思炫也跟着站起了身子并迅速走到彭海明跟前，冷冷地说道："我和你一起去吧。"

"嗯，走吧。"

两人走到二楼，只见二楼有四个房间。于是他们把房间的门逐一打开，发现前三个房间里都空无一人，最后来到第四个房间的门前。

"这里的房间都布满了蜘蛛网，地上也都是灰尘，看样子真的已经很久没人来过了。"彭海明说道。

"嗯。"慕容思炫随意应了一声，从口袋里拿出一个装满了水果软糖的透明塑料袋，向彭海明问道，"要不要吃？"

"不用了，谢谢。"彭海明说着伸出右手，想要把房门打开。

而慕容思炫则从塑料袋里取出了两颗水果软糖，扔进嘴里，大口咀嚼。

"咦？"彭海明说道，"房门被反锁了。"

慕容思炫双眉一蹙，尝试把房门打开，发现房门果然是从房内被反锁了。

"怎么办？"彭海明问道。

"是反锁了。"慕容思炫盯着房门，咬了咬自己的手指。

"杜贤云！"彭海明在房外叫道。

然而却没人应答。

彭海明又喊了几声，房间里仍然鸦雀无声。

“好像有点儿不对劲！”彭海明喃喃地说，“要把大家都叫上来吗？”

“好，你去叫。”慕容思炫望着房门，头也不转地说。

于是彭海明走到楼梯口，大声叫道：“喂！大家上来看看！好像有点儿不对劲！”

数十秒后，丁子仲、裴尚峰、韩若寻和司徒门一四人纷纷来到二楼。彭海明向他们简明地说了当前的情况。丁子仲脸色发紫，双手不停地颤抖。裴尚峰则在急促地喘着气，一言不发。司徒门一和韩若寻对望了一眼，韩若寻说道：“我们破门而入吧。”

慕容思炫“哦”的一声，后退了两步，接着右脚一扬，踢向房门。一眨眼的工夫，只听“砰”的一声巨响，房门已被踢开。众人围到门口往里一看，竟然看到了一幕完全出乎意料的情景——

杜贤云被吊在房间中央了！

只见杜贤云脸色惨白，面容扭曲，两眼瞪得大大的，连舌头也伸了出来。看样子，他至少已经死了半个小时。

“他……他是自杀的吗？”好容易才回过神来的彭海明颤抖着声音问道。

司徒门一环顾四周，说道：“这个房间跟外界相通的地方只有房门和窗户，房门是反锁着的，刚才我们已经确认过了，也就是说，如果杜贤云是被杀的，那么凶手只能通过窗户离开。”

说着，他已经迈着步子向窗户走去。与此同时，慕容思炫和韩若寻也跟了上去。三人同时来到窗前，只见那是一扇很普通的锁扣推拉型铝窗，在固定于墙壁的窗框上安装了一个L形的锁扣，锁扣的前端有一个扣钩，其作用是在窗户关闭时置入铝窗边上的扣架之内，把窗户从房内反锁。

此时此刻，那L形锁扣上的扣钩正紧紧地嵌在铝窗的扣架之内，窗户被反锁着。要把这扇窗户反锁，只有在房间里的人才能做到。

韩若寻把L形锁扣往上一拉，把窗户打开，探头一看，只见窗外仍然下着滂沱大雨，雨如柱子一般，一根根地从云层中直插下来，声势浩大，令人骇然。

“喂，你们看！”彭海明忽然叫道，“杜贤云的笔记本电脑上正显示着一个文本文档！”

慕容思炫、司徒门一和韩若寻几乎在同一时间转过身子，离开窗边，回到房间中央，只见书桌上放着杜贤云的背包和一台银色的笔记本电脑，那电脑正开着，显示屏上显示着一个文档，其内容是：“我已无法守护女神，唯有一死，寻求解脱。诸位勿念。——杜贤云绝笔”

三、推　　理

“我不相信杜贤云是自杀的！”韩若寻说道，“因为他的背包里有笔和纸，他要写遗书，为什么不用笔和纸写，偏偏要大费周章地把笔记本电脑打开，用键盘敲打？原因很简单：他并非自杀，而是被谋杀的！凶手杀害他以后，无法模仿他的笔迹伪造遗书，所以只能用键盘和显示屏代替笔和纸。”

“可是……”彭海明提出了异议，“凶手在把杜贤云吊死以后，要怎么离开这个封闭的房间？”

“房门是从内反锁的，所以凶手离开的方法只有一个——通过窗户。”韩若寻说道。

“窗户也是从内反锁的。”司徒门一淡淡地说。

"是的，窗户的确是反锁的，但凶手并不是在房间内把窗户反锁的，而是在窗户外把窗户反锁的。凶手在杀害杜贤云后，通过窗户走到屋外，在窗外把窗户反锁，然后爬到一楼逃跑。"韩若寻有条不紊地说道。

"在窗外把窗户反锁？"彭海明皱了皱眉，"要怎么办到？"

"很简单，你们过来看看，在窗框上有一道刮痕，这刮痕是被铁丝造成的。凶手先把铁丝缠绕在 L 形锁扣上，然后爬出屋外，关上铝窗，在屋外向下拉动铁丝，这时候锁扣就会随着铁丝往下压，扣钩也跟着置于铝窗边上的扣架之内，此时，铝窗便被反锁了。最后，凶手只要把铁丝通过铝窗和窗框之间的空隙拉走，密室就完成了。这是一个简单而实用的铁丝诡计。不过这个诡计有一个致命的缺陷：实施诡计后，窗框上必然会留下刮痕！"

彭海明一边听一边点头，等韩若寻说完，由衷赞赏道："绝妙的推理呀！那么，凶手会是谁呢？"

说到这里，他向房间内的众人扫了一眼，用略带阴森的语气说道："会不会跟侦探小说的情节一样，凶手就在我们几个人当中？"

话音刚落，丁子仲和裴尚峰同时咽了口唾沫，而慕容思炫和司徒门一则对望了一眼，但都没有说话。隔了几秒，韩若寻接着说："凶手在我们当中的可能性不大，原因有几个：首先，杜贤云离开一楼的时间是七点左右，而他的尸体被发现的时间则是九点左右，也就是说，凶手行凶的时间在七点到九点之间。如果凶手在我们之中，那么凶手就是在这两个小时里到杜贤云所在的房间把他杀死，然后吊起来，接着打开他的笔记本电脑，伪造遗书，最后通过窗户逃跑，制造密室，再重新进入别墅，回到我们身边。要完成以上步骤，最少需要十分钟。然而问题是，七点到九点之间，我们六个人都待在一楼玩杀人游戏，虽然其间有人离开过，或上洗手间，或到厨房抽烟，但每次都在三分钟内就回来了，要杀害杜贤云，三分钟的时间是绝对不够的。

其次，我们一直待在别墅一楼的内厅，楼梯就在我们眼前，如果我们当中有谁上了楼梯，大家都会看到。而事实上，我们谁也没有接近过楼梯。

再次，凶手在杀人后，是通过窗户逃跑的，现在屋外正下着大雨，凶手逃跑的时候，衣服必然被打湿，但我们六个人的衣服都没有被打湿的迹象。基于以上三个理由，我认为：凶手并非在我们中间，此刻他很有可能还隐藏在别墅附近，甚至就躲在别墅里，跟我们近在咫尺！”

彭海明听到这里，左右张望，似乎凶手就躲在暗处窥视着众人一般。确认周围没有人后，他才微微松了口气，颤声问：“那我们现在怎么办？要报警吗？”

“是的。”韩若寻点了点头，拿出手机，正准备拨打110，却发现手机竟然没有信号。

他皱了皱眉，说道：“这里太偏僻了，手机没有信号。”

彭海明一听，立即把自己的手机拿出来证实，果然没有信号。

“我的手机也没有信号。那怎么办？”彭海明说道，“我们离开这里吧。”

司徒门一摇了摇头，淡淡地说：“现在雨这么大，我们一时半刻是走不了的。再说，天已经黑透了，如果凶手真的躲藏在附近，他很有可能会在我们离开别墅的时候袭击我们。”

韩若寻点了点头道：“我也赞成司徒先生的观点。敌人在暗，我们在明，我们不能轻举妄动。我建议大家留在别墅里，等天亮以后再一同离开。反正凶手只有一个人，而我们有六个人，只要大家小心谨慎，听从我的指挥,凶手是无法向我们下手的。"

一直沉默不语的裴尚峰这时候忽然冲着韩若寻大声喊道:"为什么要听你的指挥?说不准,杜贤云就是被你杀死的!"

韩若寻向裴尚峰瞟了一眼,冷冷地说:"我不是证明过凶手不在我们六人当中了吗?再说,我不可能是凶手的,因为……"

他说到这里,从口袋里取出一张证件,一字一顿地说道:"我是刑警!"

"啊?"胖子丁子仲轻呼了一声,"你……你是警察?"

韩若寻还没答话,司徒门一呵呵一笑,道:"果然被我猜对了,你是一名刑警。"

"咦?"韩若寻向司徒门一望了一眼,"你是怎么猜到的?"

"因为你在看到杜贤云的尸体后十分冷静,而且你迅速破解了密室之谜,所以我判断你是一个常常跟杀人案件打交道的人。而你之前又说你是一名公务员,常跟杀人案件打交道的公务员,自然就是刑警了。"司徒门一笑着回答。

韩若寻点了点头,向众人扫了一眼,说道:"好了,接下来我们一起到一楼休息,在天亮以前,我们六个人必须待在一起……"

"不!"韩若寻话没说完,裴尚峰就粗鲁地打断了他的话,"我不要跟你们待在一起!杀害杜贤云的凶手就在你们当中!"

司徒门一笑了笑:"我们六个人都有不在场证明哦。"

"哼!我不管什么不在场证明,反正人就是你们杀的!说不好,杜贤云是被你们联手杀死的!你们下一个目标是我吧?我是不会上当的!"裴尚峰声嘶力竭地吼道,"我现在就到三楼的房间去,在天亮以前,谁敢接近我的房间,我就跟他拼命!"

“等一下……”韩若寻试图阻止。

但裴尚峰已经飞快地跑上了三楼。

“太危险了!”韩若寻摇了摇头,“凶手有可能就隐藏在三楼的某个房间里呀。”

“杜贤云死了……”丁子仲望着裴尚峰迅速消失的背影,喃喃地说,“下一个就到我了……呜呜……终于到我了……”

慕容思炫眉毛一竖,闪电一般的目光向丁子仲射去:“你说什么?”

丁子仲双手抱头,一脸痛苦:“下一个就到我了……下一个就到我了……”他说着,忽然身子一转,也跑向楼梯,到三楼去了。他体形肥胖,步伐极沉,跑动起来,楼梯都被震得吱吱响。

彭海明咬了咬嘴唇,哭丧着脸问道:“现在我们怎么办?”

司徒门一吸了口气,淡淡地说:“每个人都不信任其他人,我看我们还是各自待在房间里吧。除了杜贤云被杀的房间外,二楼还有三个房间,你们每人选一个吧,我去三楼……”

他还没说完,韩若寻说道:“不用了,你跟彭海明各选一个房间吧,我跟他共用一个房间就可以了。”说到这里,他向慕容思炫望了一眼,笑道,“怎么样？你应该不介意吧？如果你相信我不是凶手的话。”

慕容思炫咬了咬自己的大拇指,冷漠地说道:“随便。”

韩若寻点了点头:“我们都待在二楼,有什么突发状况,大家也能相互照应。”

“嗯,那我们回房吧。”司徒门一说道,“大家可别忘记把房门和窗户上锁哦。”

(“好！还剩两个!”复仇者双手握拳,两眼燃烧着愤怒的火焰,“审判将继续进行,谁也无法阻止!”)

四、杀　　戮

慕容思炫和韩若寻待在二楼的其中一个房间里闲聊。他们并没有把房门关上。韩若寻对慕容思炫说他身上带有配枪，即使凶手找上门来也无须惧怕。而慕容思炫则认为，即使没有韩若寻的配枪，自己赤手空拳也足以把凶手制伏。

“对了，你看到尸体的时候，异常冷静。你以前见过尸体？”韩若寻问道。

“嗯。”慕容思炫点了点头，“见过一些。”说罢，他从口袋里取出一个半个巴掌大小的深蓝色铁盒，从铁盒里倒出了几颗薄荷糖，扔到嘴里。

“你的职业是什么？”韩若寻问道。

慕容思炫没有回答，舔了舔自己左手的大拇指，说道：“我以前见过你。你是在S市当刑警的。之前你侦破了发生在S市的一宗连环杀人案，在1月6日那天，你们举行了新闻发布会，当时我在电视上看到你了。”

“哦？”韩若寻稍微一愣，“原来你早就认识我？”

慕容思炫点了点头，又从口袋里取出一个红黑相间的铁盒，在铁盒里倒出几颗果汁糖，向韩若寻问道：“你要不要吃？”

“你身上的糖果还真不少。”韩若寻挑了一颗，放到口中。

慕容思炫把剩下的果汁糖全部扔到自己的嘴里，大力咀嚼了几下，接着说道：“大概在三周前，我还见过你的父亲——韩启星。”

“什么？”此前异常冷静的韩若寻这回也露出了惊讶的表情，“你见过我父亲？”

"嗯。"思炫舔了舔嘴唇,"我有一位刑警朋友跟你的父亲是旧识,那天我随他一起探望你的父亲,交谈中你父亲提起他有一个叫韩若寻的儿子,在S市当刑警。"

"哈哈!"韩若寻开怀一笑,"这世界真小呀,到处都是朋友。"

慕容思炫随口补充了一句:"同时到处也都是敌人。"

韩若寻"咦"的一声,望了慕容思炫一眼,眉头一皱。正在这时,房外有人说道:"打扰一下,我可以加入你们的讨论吗?"

慕容思炫和韩若寻往门外一看,原来是彭海明。

"有事吗?"韩若寻问道。

彭海明尴尬地笑了笑,一边走进房间一边说道:"我一个人待在房间里,心里总不踏实,我觉得还是跟你们待在一起比较安全。"

韩若寻笑问:"你不怕我们是凶手吗?"

彭海明摇了摇头:"不,你是刑警呀。"

韩若寻笑道:"刑警的证件可以伪造呀!再说,即使是真正的刑警,也有可能是杀人凶手的。"

彭海明咽了口唾沫:"你别吓我。"

说罢,他在床边坐了下来,伸了个懒腰,说道:"对了,你们有没有觉得那个叫司徒门一的人身上好像带着一股邪气?如果说凶手真的在我们六个人当中,我觉得他是最像的那一个。"

"别胡思乱想了!"韩若寻说道,"我们六个人都有不在场证明。"

彭海明点了点头,又问:"对了,我刚才在门外听到你们的谈话。你是S市的刑警?"

"之前是。"韩若寻说,"不过现在我已经被调到L市的刑警支队了,下周正式上班。"

他说到这里，轻轻吁了口气，接着说："L 市刑警支队的副队长宇文雅姬，在警界中可是赫赫有名的一号人物，破案无数，被称为警界的'女诸葛'。一想到即将要跟她共事，我就充满期待……"

"哇！"他话没说完，一声充满绝望的吼叫便从三楼传来，"别……别杀我！"

慕容思炫神情木然地说道："是丁子仲的声音！"

韩若寻吸了口气："快到三楼看看！"

三人跑到三楼，只见三楼也有四个房间，其中一个房间的房门是打开的，三人走到那个房间前探头一看，只见丁子仲横躺在房间中央，两眼圆睁，面容扭曲，脸上的神情交织着恐惧和绝望，他的左胸上插着一把血淋淋的水果刀！

他死了！

又有一个人被杀死了！

"怎么回事？"身后一人叫道。

慕容思炫、韩若寻和彭海明同时回头一看，原来是司徒门一。

"丁子仲被杀了。"韩若寻严肃地说道。

"什么？"司徒门一怔了一下，"让我看看。"他说罢挤到门前，往房内望去。

"裴尚峰呢？"慕容思炫问道。

彭海明向三楼的另外三个房间扫了一眼，说道："应该在其中一个房间里吧。"

韩若寻把三个房间的门逐一打开，发现其中两个房间里空无一人，还有一个房间的房门是反锁的。

"他应该在这个房间里。"韩若寻说道。

彭海明使劲地拍打房门:“裴尚峰,出来！大事不妙啦!”

几十秒后,房间里传来“砰”的一声巨响。众人愣了一下,面面相觑。又过了几十秒,房门打开了,裴尚峰从房间里探出头来。

“怎……怎么回事呀?”裴尚峰脸色发青,声音微颤。

“丁子仲也被杀了。”韩若寻声音冰冷。

“啊?”裴尚峰惊呼一声。

慕容思炫不等他反应过来,问道:“刚才房间内的巨响是怎么回事?”

裴尚峰定了定神,舔了舔嘴唇,结结巴巴地说:“我……我听到你们在拍门,所以赶过来开门,不小心摔了一跤。”他一边说,一边拍打衣服上的灰尘。

众人一看,裴尚峰的白色T恤衫上果然满是灰尘,看来就是他刚才摔倒的时候沾上的。

“刚才你有听到丁子仲发出的求救声吗?”韩若寻问道,“你有听到凶手逃跑的声音吗?”

“我不知道!”裴尚峰吼道,“我什么都不知道！凶手就在你们当中!不管是杜贤云,还是丁子仲,都是被你们杀死的！你们一定还想杀了我！不！我是不会让你们得逞的!”

他说罢,后退了两步,狠狠地把房门关上,隔着房门向众人叫道:“你们别想打我的主意！滚！都给我滚！谁敢接近我的房间,我就跟他拼命!”

房外的众人你望望我,我望望你,谁也没有说话。

又过了几十秒,彭海明忽然低声说:“我想,还是独自一人待在房间比较安全。”不等众人答话,他已匆匆离开,紧接着“砰”的一声关门声从二楼传上来。

“呵呵。”司徒门一笑了笑，“事情越来越有趣了。凶手真的躲藏在别墅里吗？或者是，凶手一直就大摇大摆地出现在我们面前？”

他一边说，一边转过身子，走到楼梯前方，缓缓地离开三楼。

三楼的走廊上，只剩下慕容思炫和韩若寻两个人了。

慕容思炫朝韩若寻瞥了一眼，淡然问道：“现在你还坚信杀人凶手不在我们当中？”

韩若寻苦笑了一下：“我改变主意了。”

“到丁子仲被杀现场看看？”

“走吧！”

两人走进丁子仲被杀的房间，一边调查现场，一边交谈。

“丁子仲被杀的时候，你跟我，还有彭海明，都在二楼的房间里聊天。如果杀害丁子仲的凶手真的在我们当中，那只能是司徒门一或裴尚峰了。”韩若寻分析道。

“不管凶手是司徒门一还是裴尚峰，他都没有杀害杜贤云的时间。”慕容思炫说道。

“嗯，这也是我所想不通的问题。”韩若寻叹了口气，“不在场证明的诡计，终究无法解开呀。”

“我发现线索了。”韩若寻还在感叹，慕容思炫冷不防冒出一句。

“什么？”

慕容思炫伸出食指，只见他的食指上闪烁着一点亮光。

“这是什么？”韩若寻问道。

“隐形眼镜。”

“哦？”

“很有可能是凶手不小心留下的。”

“这么说……”韩若寻嘴角一翘，“凶手的身份，不就呼之欲出了吗？”

“走吧！”慕容思炫一边说一边脱下外衣，盖在丁子仲的尸体上，“我们回二楼去。”

（复仇者的心底在疯狂地大笑：“又有一只蝼蚁被踩死了，真活该呀！现在，只剩下最后一个了！审判终于要进入最终阶段了！我要用我的双手，亲手完成最后的审判！”）

五、留　　言

慕容思炫和韩若寻回到二楼的房间，各自休憩。这一回，他们把房门给反锁了。

雨柱仍然连接不断，似乎完全没有要停下来的迹象。

慕容思炫坐在窗边，依靠着墙壁闭上眼睛，逐渐进入睡梦之中。不知睡了多久，忽然迷迷糊糊间听到一个阴森而冰冷的声音传入耳中：“难道你从来没有怀疑过我是凶手？”

慕容思炫脑海一震，慢慢地把眼睛睁开，只见韩若寻就在自己面前，跟自己的脸相距不到五厘米，他的神情复杂而怪异。

“怎么样？”韩若寻嘴角一扬，露出了一个带点儿邪气的笑容，“你为什么放心跟我同处一室？难道我就没可能是凶手吗？”

慕容思炫扭动了一下脖子，淡淡地说：“所有的证据都表明你不是凶手，凶手另有其人。”

韩若寻哈哈大笑：“你对自己的推理真有信心呀！”他说罢站直了身子，望了望窗外，接着说，“天亮了，雨也停了，如噩梦一般的夜晚终于结束了。”

慕容思炫往窗外一看，果然已经天明，一缕阳光直射进来，晨曦染红了窗户，把别墅内那犹如地狱所发出的死亡气息全部驱散。

两人走出房间，先后敲了司徒门一和彭海明的房门，不一会儿，司徒门一和彭海明也走了出来。彭海明双手合十，自言自语地说：“谢天谢地，总算熬到天亮了。”

“裴尚峰还在三楼吧？”司徒门一问道。

“应该是的。”韩若寻说，“我们上去看看吧。”

四人走到三楼，竟发现裴尚峰的房门处于开启状态。韩若寻“咦”的一声，咬牙道：“不对劲！”

慕容思炫快步走到房门前，往房内一看，只见裴尚峰躺在床边，双眼紧闭，头部附近的地面染满了鲜血，看样子他已死去多时。

连裴尚峰也死了！

凶手到底是谁？他为什么要把别墅里的人一个接一个地杀害？

“太……太可怕了！”彭海明两手捂嘴，“杜贤云、丁子仲，还有裴尚峰，他们三个竟然在一夜之间都被杀死了！幸好天已经亮了，雨也停了，我们再也不用待在这个鬼地方了！”

在彭海明说话的同时，慕容思炫、司徒门一和韩若寻陆续走进了房间。韩若寻走到裴尚峰的尸体前，稍微查看了一下，说道：“他的头部受到重创，致死原因应该是头盖骨骨折以及脑部挫伤。”

与此同时，司徒门一在门后发现了一根银色的铁棒：“咦？这里有一根铁棒，铁棒上有血迹，看样子像是凶器。”

慕容思炫指了指窗边，用丝毫没有起伏的语调说道：“从窗边到床前的地面上有一道血痕，我推测裴尚峰是在窗边遇袭，然后爬到床边，而凶手则追到床边,对他的头部再次重创。”

“推理正确!”韩若寻说道,“他的头部有两个伤口,应该是被铁棒重击了两次。”

“可是他为什么要从窗前爬到床边?”司徒门一拨了一下自己那乌黑的秀发,“他想要逃跑?”

“怎么可能逃得了?”彭海明在房外说道,“他只是在垂死挣扎而已。”

“他不是要逃跑。”慕容思炫说道,“他是为了转移凶手的注意力。”

“什么?”韩若寻望向慕容思炫。

慕容思炫走到窗边,蹲了下来,望着窗户下方的墙壁说道:“因为他在这里留下了死亡留言。”

“啊?”彭海明惊呼一声,跑进房间,来到慕容思炫身旁。同一时间,韩若寻和司徒门一也走过来,查看裴尚峰所留下的死亡留言。

只见窗户下方的墙壁上,用血写着三个英文字母——WHd。

慕容思炫接着说:“当时的情况应该是这样的——凶手追杀裴尚峰,裴尚峰逃到窗边,凶手用铁棒袭击了他,裴尚峰虽然身受重伤,但还是偷偷在墙上留下了死亡留言。他担心凶手发现他的死亡留言,所以吃力地从窗边爬到床前,把凶手的注意力转移到床前,接下来,凶手给裴尚峰致命一击,裴尚峰就此毙命。裴尚峰虽然被杀,但他成功地转移了凶手的注意力,凶手的确没能发现死亡留言。”

韩若寻叹了口气,望着墙上的死亡留言,说道:“这 WHd 三个字母,可是裴尚峰用性命换回来的呀。”

“可是……”彭海明问道,“这三个英文字母是什么意思?”

“当然是揭示凶手的身份了。”司徒门一轻声一笑。

韩若寻皱了皱眉:“为什么 W 和 H 是大写,d 却用小写呢? 有什么含义吗?”

他稍微思考了几秒却没有头绪,于是望向慕容思炫:“慕容思炫,你认为呢?”

慕容思炫从口袋里取出一盒果汁软糖,倒出几颗,放到嘴里咬了两下,才不慌不忙地说道:“所有的事情都是显而易见的,昨夜发生在这栋别墅里的连环杀人案的全部真相,就在我们眼前,一目了然。”

“哦?”韩若寻加快了语速,“难道说,你已经解开了所有谜团?”

慕容思炫舔了舔自己的手指:“是。你们要听?”

司徒门一淡淡一笑,露出了一排整齐洁白的牙齿:“愿闻其详。”

韩若寻说道:“我也很有兴趣听一下你的推理。”

“好!”慕容思炫清了清嗓子,“我们首先由裴尚峰的死亡留言说起。WHd,这个死亡留言最怪异的地方是,W 和 H 用了大写,而 d 却是小写。我刚看到这个留言的时候,也以为会有特殊含义,但认真一想才知道,关键不是字母的大小写,要解开这个留言,必须从另一个方向去思考。”

“另一个方向?”韩若寻喃喃问道。

“裴尚峰是在万分危急的情况下留下死亡留言的,他根本没空去想哪个字母用大写,哪个字母用小写。事实上,他所留下的死亡留言,三个字母都是大写的。但是为什么我们所看到的 WHd 中的 d 是小写的呢? 那是因为,WHd 并非是裴尚峰要向我们表达的英文字母!”

“哦?”司徒门一轻轻摸了摸自己的脸庞,“可是留在墙壁上的血字,的确就是 WHd 呀。”

慕容思炫微微吸了口气:“你们可以想象一下当时的情景,裴尚峰是面对着凶手、背对着墙壁的,这时候,他把两手放到身后,偷偷地写下了死亡留言……”

“啊？我明白啦！”韩若寻稍微提高了声音，“他当时写的字是倒过来的！”

“是的！”慕容思炫说，“由于是把手放在背后的时候写下死亡留言的，所以他所写的字就倒过来了。我们现在看到 WHd 这三个字母，倒过来看就变成了 PHM。裴尚峰真正想留下的死亡留言是——PHM！”

“PHM？”司徒门一低声重复。

慕容思炫脑袋微转，目光如刀锋一般向彭海明射去：“PHM，就是‘彭海明’这三个字的拼音缩写！裴尚峰是想告诉我们，杀害他的凶手就是你——彭海明！”

（“啊？”复仇者——彭海明在心底暗叫了一声，“真……真糟糕！竟然被裴尚峰这家伙给暗算了！现在怎么办？冷静！我要冷静！杜贤云和丁子仲被杀的时候，我都有不在场证明，而且是极其完美的不在场证明，他们是无法给我定罪的！”）

六、真　　相

“什么？”彭海明惊叫了一声，“你……你说我是凶手？”

他定了定神，深深地吸了口气，稍微冷静下来：“太可笑了吧？仅凭几个英文字母就说我是杀人凶手？第一，PHM 这三个字母虽然是我名字的拼音缩写，但同时也有可能是表达其他意思啊！你怎么能一口咬定裴尚峰要告诉你们的就是我的名字？第二，你怎么知道这几个英文字母是裴尚峰留下的？有可能是真正的杀人凶手留下的，为了嫁祸于我！第三，你们可别忘了，在杜贤云和丁子仲被杀的时候，我都有不在场证明。杜贤云被杀的时候，我就跟大家一起待在一楼玩杀人游戏；而丁子仲被杀的时候,我跟你还有韩警官一起在二楼的房间聊天,我根本没有时间作案! 所以我不是凶手!”

“的确呀!”韩若寻说道,“在杜贤云和丁子仲被杀的时候,彭海明都具备不在场证明。慕容思炫,难道说,你已经破解了他的不在场证明?”

“没必要破解!”慕容思炫冷冷地说,“因为杜贤云和丁子仲并不是彭海明所杀的,这根本不是一宗连环杀人案,而是三宗独立的谋杀案,杀害杜贤云、丁子仲和裴尚峰的,分别是三个不同的凶手!”

彭海明一听,脸色骤变。

“咦?”韩若寻稍感惊讶。司徒门一脸上的表情也微微一动。

“杀害裴尚峰的凶手是彭海明,而杀害丁子仲的凶手是裴尚峰!”慕容思炫轻轻咳嗽了两声,接着推理,“我之所以认为杀害丁子仲的凶手是裴尚峰,原因有两个:其一,我们刚到别墅的时候,裴尚峰所穿的是一件灰色的T恤,但在丁子仲被杀后,从房间里走出来的裴尚峰却换上了白色的T恤,这里没有水源可供洗澡,裴尚峰为什么要换衣服呢? 那是因为他用水果刀杀害了丁子仲,杀人的过程中,丁子仲的血溅到了他的衣服上,所以裴尚峰必须把衣服换掉。”

慕容思炫稍微停顿了一下,接着说:“其二,我和韩若寻在丁子仲的尸体旁边找到一副隐形眼镜,估计是凶手留下来的。根据我的推测,那是裴尚峰的隐形眼镜。你们还记得裴尚峰来给我们开门的时候摔了一跤吗? 为什么会摔跤? 那是因为他的眼睛患了高度近视,没有了隐形眼镜的他,跟瞎子没有区别。”

司徒门一点了点头:“合情合理。”

“等一下!”韩若寻忽然说道,“裴尚峰是被彭海明杀死的,而丁子仲是被裴尚峰杀死的,那么杜贤云是被谁杀死的? 难道是被丁子仲杀死的吗?”

司徒门一轻轻摇头:“杜贤云被杀的时候,丁子仲有不在场证明,这不是你的推论吗?不光是他,我们所有人都没有时间杀害杜贤云啊。”

“不!”慕容思炫说道,“有一个人,他是有时间去把杜贤云杀死的。”

“是谁?”韩若寻迫不及待地问道。

慕容思炫吸了口气,一字一顿地说:“那就是杜贤云自己!”

“啊?”韩若寻这一惊实在是非同小可,好几秒后才反应过来,“你的意思是,杜贤云果然是自杀的?”

“是的。”慕容思炫说道,“杜贤云躲在房间里,把房门和窗户反锁了,用笔记本电脑留下了遗书,接着上吊自杀,一切合情合理。如果他是被谋杀的,凶手怎样逃离那个封闭的房间?”

“我不是说过了吗?”韩若寻摇了摇头,有点儿不屑地说,“凶手是利用铁丝在窗外把窗户锁上的,窗框上所留下的铁丝刮痕就是最好的证据。”

“恰恰相反!”慕容思炫说,“你所说的铁丝诡计是不可能实施的,窗框上的铁丝刮痕就是这个诡计无法实施的证据。”

“怎么说?”韩若寻一脸不服气。

慕容思炫从口袋里取出两颗曼妥思抛光糖放到嘴里,一边咀嚼一边说道:“你的推理是,凶手在L形锁扣上缠绕着铁丝,然后爬出窗外,关上铝窗,拉动铁丝,把窗户反锁,最后通过铝窗和窗框之间的空隙把铁丝拉走,对吧?”

“是!”

“问题是,如果凶手真的运用了这样的手法,那么不仅窗框上会留下刮痕，铝窗的边上也会留下刮痕！明白吗？由于当时窗户是关闭的，如果拉动铁丝，那么窗框的边上和铝窗的边上都会留下铁丝刮痕！然而事实上，在杜贤云死亡的那个房间的窗户上，只有窗框上留下了刮痕，铝窗边上完好无缺，这就证明，根本没有人利用铁丝从窗外把窗户反锁。”

韩若寻听得目瞪口呆，连脸上的表情也凝固了。

慕容思炫接着说：“窗框上的铁丝刮痕，是彭海明之前故意造成的，他这样做是为了制造一个伪密室，让我们认为杜贤云并非是自杀，而是被人杀死的。当然，他并没有真的爬到窗外，反锁窗户，他只是在房间里把窗户打开，用铁丝在窗框上划过，留下一道刮痕。

“事实上，要实施这个在窗外把窗户上锁的诡计，除了用铁丝以外，还可以利用鱼丝。如果是利用鱼丝，就不会留下任何刮痕。也就是说，如果窗户上没有任何刮痕，或者窗框和铝窗上都有刮痕，都可以表明窗外反锁窗户的诡计有可能实施过，但偏偏彭海明只在窗框上留下了一道刮痕，这仅有的一道刮痕，恰好证明了从来没有人在窗外把窗户反锁！”

彭海明听到这里，脸色苍白，低下了头，一言不发。

“可是……”韩若寻想了想，提出了疑问，“彭海明为什么要让大家认为杜贤云是被杀的？还有，杜贤云为什么要自杀？裴尚峰为什么要杀死丁子仲？彭海明又为什么要杀死裴尚峰呢？”

慕容思炫清了一下喉咙，慢慢腾腾地说道：“根据我的推测，杜贤云、丁子仲和裴尚峰三人由于某种原因，决定一起自杀。他们相约来到这栋别墅，准备上演一幕连环自杀的案件。杜贤云首先上吊自杀，而根据约定，接下来轮到丁子仲自杀，所以在我们发现杜贤云的尸体后，丁子仲才会不停地说‘下一个就到我了。’可是丁子仲并没有遵守约定，目睹了杜贤云死状的他，对死亡感到异常恐惧，所以他当了逃兵，放弃自杀。于是，裴尚峰就把他杀死了。

把丁子仲杀死后，裴尚峰本来打算自杀，可是亲手杀害了丁子仲的他意识到死亡的可怕，于是他也当了逃兵，打算放弃自杀。他天真地认为，既然杜贤云和丁子仲已经死了，就再也没有人知道他们三人之间的自杀约定，即使他苟且偷生，也没人能把他怎么样。

然而他错了。螳螂捕蝉，黄雀在后。彭海明由于某种原因，对杜贤云、丁子仲和裴尚峰三人产生了强烈的恨意，甚至想把他们杀掉。他经过调查，得知杜贤云、丁子仲和裴尚峰相约在迷雾山山顶的别墅里自杀，于是他也跟来了。他知道丁子仲胆小懦弱，极有可能临阵退缩，放弃自杀，所以他早就做好了准备——在杜贤云房间的窗户上留下刮痕。

接下来，杜贤云上吊而死，其间彭海明一直跟大家待在一起，为自己制造了不在场证明。只要我们发现杜贤云房间窗户上的刮痕，推断杜贤云是被谋杀的，那么彭海明的计划就成功了一大半。因为在杜贤云‘被杀’的时候，他有不在场证明。

如果丁子仲和裴尚峰按照约定陆续自杀，对彭海明来说，当然就是最好的情况。但即使他们之中哪一个放弃自杀，彭海明也可以把他干掉。因为我们会把杜贤云的死跟丁子仲或裴尚峰的死联系在一起，认为是同一个凶手所为，而在杜贤云‘被杀’时具有不在场证明的彭海明，便能洗脱嫌疑了。

杜贤云自杀后，彭海明知道接下来就到丁子仲自杀了，所以他故意到我和韩若寻的房间找我们聊天。事实上，他是为了再一次为自己制造不在场证明。结果，丁子仲果然死了，但他并不是自杀的，而是被裴尚峰杀死的。可不管怎样，反正杜贤云和丁子仲死亡的时候，彭海明都具备了不在场证明。

丁子仲死后，彭海明觉察到裴尚峰已经没有了自杀的念头，于是他打算亲自动手，把裴尚峰杀掉。入夜以后，他到裴尚峰的房间找他。裴尚峰是完全不会有戒备之心的，因为裴尚峰知道杜贤云和丁子仲被杀的真相：杜贤云是自杀的，而丁子仲是被他所杀的。也就是说，裴尚峰心底清楚地知道，此刻跟自己一起待在别墅里的慕容思炫、司徒门一、韩若寻和彭海明四人，都不是杀人凶手，都没有危险性。裴尚峰在我们面前表现得十分害怕，都是假装出来的。

“裴尚峰把房门打开后，彭海明就用铁棒把他杀死了。彭海明认为，我们会推断杜贤云、丁子仲和裴尚峰都是被同一个人所杀死的，而在杜贤云及丁子仲死亡的时候，他都具有不在场证明，所以我们不会去怀疑他，这也是他的王牌武器。不过他没有计算到，裴尚峰临死之前留下了死亡留言，指证他——彭海明，就是杀人凶手！”

彭海明听到这里，脸上露出了绝望的表情，忽然他两脚一软，跪倒在地。片刻后，只见他双手紧抱脑袋，长长地叹了一口气。

“说吧，彭海明！”韩若寻走到彭海明跟前问道，“杜贤云他们为什么要相约自杀？”

彭海明呆了半晌，才用极为低沉的声音在嘴边挤出了几个字：“因为女神……因为他们侵犯了女神……”

插曲之二　女神的圈套

花语若，F 大学的大一新生。她是一个容貌清丽的女孩，国色天香，沉鱼落雁。她入学不到一周，追求她的男生就已数不胜数。

那天杜贤云到图书馆阅读小说，正看得入迷，忽然一个婉转动听的声音从身旁传来："请问你旁边的座位有人吗？"杜贤云抬头一看，跟自己说话的竟然是一个容貌姣美的少女。

那少女便是花语若。

杜贤云对她一见钟情。

可杜贤云是一个相貌丑陋、成绩极差的下等生，无论走到哪里都不会有人留意到他的存在。他也有自知之明，知道自己是一只癞蛤蟆，根本没有资格吃天鹅肉。所以他也不敢对花语若——这个对他来说犹如女神一般的人物——存有非分之想，只是偶尔向她偷瞄一两眼，或者跟踪她走一段路，便已心满意足了。

有一次，杜贤云在学校的论坛上发布了一篇帖子，表达自己对花语若的爱慕之情。当然，他是匿名发表的。帖子发出以后，有两个人留言给他，说自己也是花语若的超级爱慕者。于是杜贤云就建了一个 QQ 群，把他们两个加进来，三人每天互传自己偷拍的花语若的照片，交换自己得知的跟花语若有关的消息，聊得不亦乐乎。

后来杜贤云知道了这两个人的名字：丁子仲和裴尚峰。

跟杜贤云一样，丁子仲和裴尚峰在学校里都是那种即使失踪了十天八天也不会有人注意到的平凡小人物。他们的心里都很自卑，认为自己根本配不上花语若，认为花语若对他们来说是至高无上的女神，绝对不能亵渎。

他们每天就这样聊聊花语若的事情，看看花语若的照片，自娱自乐。直到有一天，有一个叫"活尸"的人加入了他们的 QQ 群，并对他们说："我可以让你们得到你们的女神。"

杜贤云三人开始都没怎么理会"活尸"，然而"活尸"的话却极具诱惑力:“你们想一下,花语若是你们心中的女神,可是她终有一天会交男朋友、会结婚,她的身体也会被别的男人占据。你们甘心吗?你们甘心你们的女神被别的男人侮辱吗?要改变这个残酷的事实,只有一个办法——你们首先占据了女神的身体!你们扪心自问,跟女神融为一体,这难道不是你们内心深处一直想做的事情吗?而现在,我可以帮你们实现这个愿望。”

首先动心的是杜贤云:“你说得对,我的人生一片黑暗,我长得丑陋,成绩不好,没有朋友,家人也不喜欢我,我活着根本没有意义!如果不是女神的存在,说不准我早就从教学楼的天台跳下来了!我承认,我的思想很肮脏,我每天都在幻想自己占据了女神的身体,我每晚做梦都梦见自己跟女神融为一体。如果这一切能变成现实,哪怕只有一次,我也死而无憾了!”

丁子仲和裴尚峰也相继动摇了。他们都表明,自己日思夜想的,便是如何占据女神的身体。终于,“活尸”跟他们三人达成共识:“在迷雾山山顶,有一栋荒废的别墅,我会把女神带到那里去,让你们占有她。当你们把女神的身体彻底占据以后,你们就会觉得人生中最精彩的事情已经完成,接下来便没有活下去的必要。”

“活尸”不断给杜贤云等三人做出若有若无的催眠,触发他们的心理暗示,操纵他们的想法,让他们认为,占有了女神的身体后自杀是理所当然的事。正因为接受了这些强烈的心理暗示,所以杜贤云三人后来才会相约自杀。

终于在这一天,杜贤云、丁子仲和裴尚峰三人来到了迷雾山山顶的那栋别墅里。被“活尸”注射了麻醉药而毫无还手之力的花语若,正在三楼的一个房间里等待着一场噩梦的到来。

七、对　　决

“为女朋友复仇？可笑！”韩若寻向彭海明轻蔑地瞟了一眼，“为什么不报警呢？为什么不相信法律呢？杜贤云、丁子仲和裴尚峰他们三人轮奸了你的女朋友，法律自然会制裁他们，用得着你自己去进行所谓的审判吗？”

彭海明低着头，满脸懊悔的神色，却没有说话。

韩若寻“哼”了一声，不理会他，走到别墅的大门前，深深地吸了一口新鲜的空气。

此刻待在别墅里的，只有韩若寻和彭海明两个人。慕容思炫和司徒门一早已不知所踪。

刚才，在彭海明说出事情的原委以后，韩若寻用手铐把他锁在别墅一楼窗户的铁栅栏上，叮嘱慕容思炫和司徒门一看守着他，自己则跑到有手机信号的地方打电话给刑警支队请求援助。半小时后韩若寻回到别墅，只见彭海明还被锁在铁栅栏上，而慕容思炫和司徒门一却已径自离开。

他俩到哪里去了？

此时，迷雾山山顶的另一端，司徒门一正站在悬崖边上，而慕容思炫则站在离他不远的地方紧紧地盯着他，连眼睛也没有眨一下。

“你怎么跟来了，慕容思炫？”司徒门一面对悬崖，头也不回。

慕容思炫没有回答他的问题，过了好一会儿才说道：“这一次，你还是要逃，‘活尸’？”

“哈哈哈！”司徒门一大笑了几声，回过头来，“告诉我，你凭什么判断我是‘活尸’？”

慕容思炫舔了舔嘴唇，推理道："你在短信中说你会以真面目出现在我的眼前，所以在别墅里的七个人中，必然有一个是你。其中杜贤云、丁子仲和裴尚峰三个成了死人，可以排除；彭海明杀了人，而你说过你是从不杀人的，所以他也可以排除；我没有患精神分裂，所以也可以排除。也就是说，你和韩若寻两个人中的其中一个就是'活尸'！"

"不错的推理！"司徒门一用右手轻轻托着自己的下巴，"那么在我和韩若寻两个人中，你又怎样判断哪个是真正的'活尸'？"

"关于你是'活尸'的依据：其一，一边吃东西一边玩扑克牌的提议是你首先提出来的，你是为了让大家留在一楼的内厅，不去干扰杜贤云自杀，因为这是你精心策划的一幕连环自杀案；其二，我刚到达别墅的时候，你说'欢迎光临'。你跟我一样，只是那栋别墅的一个过客，为什么会以主人的口吻跟我说话？那是因为，你不是欢迎我来到别墅里避雨，而是欢迎我进入你所设计的连环死亡剧本之中。

接下来，是关于韩若寻不是'活尸'的依据：今年1月6日，韩若寻在S市出席了警方举办的新闻发布会，而在同一天，我在L市的东山寺跟'活尸'碰头。当天在S市的韩若寻，是不可能现身于L市的，所以他不是'活尸'。"

"原来是这样。"司徒门一点了点头，"看来你不光拥有惊人的推理能力，你的观察力和记忆力也是一流的。不愧是跟我不分上下的对手呀，我实在是十分期待我们下次交手的时刻呢！"

"下次？"慕容思炫双眉一皱："现在，要逃？"

"当然要逃呀！如果我被关进监狱，那么你便失去了一个实力相当的对手，难道你不会感到寂寞吗？"司徒门一调侃道。

慕容思炫没有回答，紧紧地盯着司徒门一。

“对了！”司徒门一忽然说，“我告诉你一个消息吧：我雇佣了一个杀手，买下了你的性命，那个杀手会在某个时刻对你下手，你自己小心提防吧。我可不想失去一个难得一遇的好对手呀，如果没有你，我便成了独孤求败，我会感到寂寞的。”

慕容思炫还是没有说话，甚至连脸上的神情也丝毫没有变化。

“好了，该说的都说完了，后会有期。”司徒门一说罢，忽然身子一翻，跳下了悬崖。

慕容思炫“咦”的一声，快步上前，走到悬崖边上往下一看，根本没有看到司徒门一的背影，只看到一个蓝色的降落伞左右摇晃、慢慢降落……